Thomas M. Meine

SPANNENDE KURZGESCHICHTEN
aus den 1920er und 1930er Jahren

Die Olive
The Olive von Algernon Blackwood

Das Bat and Belfry Inn
The Bat and Belfry Inn von Alan Graham

Das Richtige tun
The Right Thing von Ray Cummings

Die Lüge
The Lie von Holloway Horn

Die Medici Stiefeletten
The Medici Boots von Pearl Norton Swet

Wo war die Wych Street?
Where was Wych Street? von Stacy Aumontier

Der Würfler
The Dice Thrower von Sidney Southgate

Die Motte
The Moth von H.G. Wells

Bibliografische Information der Deutschen Nationalbibliothek:
Die Deutsche Nationalbibliothek verzeichnet diese Publikation
in der Deutschen Nationalbibliografie; detaillierte
bibliografische Daten
sind im Internet über http://dnb.dnb.de abrufbar.

ISBN9 783756 209125

INHALT

Die Olive

Er musste unwillkürlich lachen, als die Olive über den glänzenden Parkettboden des Hotelspeisesaals auf seinen Stuhl zurollte.

Sein Tisch in dem gewaltigen *Salle à manger* stand abseits: Er saß allein – ein einsamer Gast. Der Tisch, von dem die Olive fiel und auf ihn zurollte, war etwas weiter entfernt. Der Winkel dazu machte ihn selbst zu einem eher unwahrscheinlichen Ziel, doch das ungleichmäßig geformte, saftige Ding blieb, nachdem es auf seinem Weg ein- oder zweimal gezögert hatte, schließlich vor seinen Füßen liegen.

Die Olive lag mit einer einladenden, fast aggressiven Ausstrahlung da. Er bückte sich und hob sie auf, wobei er sie wegen des Mädchens, von dessen Tisch sie gekommen war, etwas verlegen auf das weiße Tischtuch neben seinem Teller legte.

Als er aufblickte, trafen sich ihre Blicke, und er sah, dass auch sie lachte, wenngleich ein wenig gehemmt.

Als sie sich an den *Hors d'oeuvres* bediente, war die Olive durch eine falsche Bewegung von ihr weggeflogen. Sie beobachtete ihn dabei, wie er die Olive aufhob und neben seinen Teller legte. Dann blickte sie schnell wieder weg – und warf ihrer Mutter einen fragenden Blick zu.

Der Vorfall war abgeschlossen. Aber die kleine längliche, saftige Olive lag neben seinem Teller, und er fühlte den Drang in seinen Fingern, mit ihr spielten. Er berührte sie automatisch von Zeit zu Zeit, bis seine einsame Mahlzeit beendet war.

Als niemand hinsah, steckte er sie in seine Tasche, als ob es das Mindeste wäre, sie mitzunehmen, nachdem er sich die Mühe gemacht hatte, sie aufzuheben.

Der Himmel allein weiß, warum, aber er nahm sie mit nach oben auf sein Zimmer und legte sie auf den Sims des Marmorkamins zwischen den Feldstecher und den Tabakdosen, den Tintenfässern, seinen Pfeifen und den Kerzenständern. Jedenfalls behielt er sie – die feuchte, glänzende, ungleichmäßig geformte, saftige, kleine, längliche Olive.

Die Hotellounge war nicht sein Ding, und deshalb war er nach dem Abendessen in sein Zimmer gegangen. Er wollte die Jacke ausziehen, in aller Ruhe rauchen, und die Füße auf einen Stuhl zu legen, um noch ein Kapitel Freud zu lesen. Vielleicht auch ein oder zwei Briefe schreiben, die er gar nicht schreiben wollte, um dann um zehn Uhr ins Bett zu gehen.

Aber an diesem Abend rollte die Olive vor seinen Augen immer wieder zwischen ihm und dem, was er las; sie rollte zwischen den Absätzen, zwischen den Zeilen. Die Olive war lebendiger als das Interesse an diesen ewigen 'Verwicklungen' und 'unterdrückten Wünschen' in den Büchern.

Die Wahrheit aber war, dass er immer wieder die Augen des lachenden Mädchens hinter der hüpfenden Olive sah.

Sie hatte ihn auf so natürliche, spontane und freundliche Weise angelächelt, bevor der strenge Blick ihrer Mutter sie unterbrochen hatte – ein Lächeln, das – so spürte er – zu einer Bekanntschaft am nächsten Tag führen könnte.

Er dachte darüber nach! Das Kribbeln eines möglichen Abenteuers durchfuhr ihn.

Sie war ein fröhlich aussehendes Mädchen mit einem glücklichen, halb schelmischen Gesicht, das auf der Suche nach jemandem zu sein schien, mit dem sie spielen konnte.

Ihre Mutter war gebrechlich, wie die meisten Leute in dem großen Hotel, und das Mädchen eine pflichtbewusste und geduldige Tochter. Offenbar waren sie gerade an diesem Tag angekommen.

Ein Lachen ist eine verräterische Sache, dachte er, als er einschlief und von einer ungleichmäßig geformten Olive träumte, die bewusst auf ihn zurollte.

Er dachte an die Augen eines Mädchens, das seine ungeschickten Bewegungen beobachtete, dann zu ihm aufschaute und lachte. In seinem Traum war die Olive mit Bedacht und Geschick auf ihre ungewisse Reise geschickt worden. Es war eine Botschaft.

Er wusste natürlich nicht, dass die Mutter, welche die Unbeholfenheit ihrer Tochter tadelte, gemurmelt hatte: »Das ist wieder typisch für dich, mein Kind! Du machst deinem Namen alle Ehre und kannst nie eine Olive sehen, ohne etwas Seltsames mit ihr anzustellen!«

Der junge Mann war an die italienische Riviera gekommen, um sich zwei Monate lang zu erholen. Sein Wissen über Chemie, einschließlich unsichtbarer Tinten und ähnlicher Geheimnisse, hatten sich für die Zensurstelle als so wertvoll erwiesen, dass er sich fünf Jahre lang ohne jeglichen Urlaub überarbeitet hatte.

Es war sein erster Besuch in dieser Region. Sonne, Akazien, blaues Meer und strahlender Himmel hatten ihn angelockt. Die günstigen Umtauschkurse ergaben für ein Pfund einen Gegenwert von vierzig, fünfzig, sechzig oder gar siebzig Schilling – anstelle der zwanzig zu Hause.

Er fand den Platz schön, aber ziemlich unbewohnt. Er hatte ihn zufällig ausgewählt und war dadurch in eine Gegend gekommen, in der es die Gesellschaft, die er zu finden hoffte, nicht gab.

Nach dem Krieg hatte sich der Ort nur langsam erholt; die Kolonie der ansässigen Engländer war immer noch recht verstreut; die anderen Reisenden zogen die französische Küste mit Mentone und Monte Carlo vor, um sie zu bevölkern.

Außerdem wurde das gesamte Land durch Streiks verwirrt. In der einen Woche fiel das elektrische Licht aus, in der nächsten gab es keine Post, und sobald die Elektriker und Postangestellten ihre Arbeit wieder aufnahmen, stellten die Eisenbahnen ihren Betrieb ein. Nur wenige Besucher kamen, und die wenigen, die kamen, reisten bald wieder ab.

Dennoch blieb er, gefangen von der Sonne und dem guten Wechselkurs. Er hatte auch nicht die körperliche Kraft, einen besseren, lebendigeren Ort zu entdecken.

Er ging in den Olivenhainen spazieren, er saß am Meer und an den Palmen, er besuchte Geschäfte und kaufte Dinge, die er nicht brauchte, nur weil der Wechselkurs sie billig erscheinen ließ. Er zahlte immense Summen für 'Extras' in seiner wöchentlichen Rechnung und lachte dann, als er sie auf Schillinge herunterrechnete und feststellte, dass ein paar Pennys dafür reichten; er lag stundenlang mit einem Buch in den Olivenhainen.

Ja, die Olivenhaine!

Sein Tagesablauf konnte den Olivenhainen nicht entgehen; zu den Olivenhainen führten ihn früher oder später seine Spaziergänge, seine Ausflüge, seine Wanderungen am Meer, seine Einkäufe – alles führte ihn zu diesen allgegenwärtigen Olivenhainen.

Wenn er eine Ansichtskarte kaufte, um sie nach Hause zu schicken, war in einer Ecke mit Sicherheit ein Olivenhain zu sehen. Der ganze Ort war mit Olivenhainen übersät, die Menschen verdankten ihr Einkommen und ihre Existenz diesen unbändigen Bäumen. Die Dörfer zwischen den Hügeln standen bis an den Rand voll in ihnen. Sogar in den Gärten der Hotels wimmelte es davon.

Die Reiseführer lobten sie ebenso beharrlich, wie die Bewohner sie früher oder später in jedes Gespräch einbrachten. Sie schwärmten von ihnen:

»Und wie gefallen Ihnen unsere Olivenbäume? Ah, Sie finden sie schön. Am Anfang sind die meisten Leute enttäuscht, aber dann wachsen sie mit ihnen.«

»Das tun sie«, stimmte er zu.

»Ich bin froh, dass Sie sie schätzen«, bekam er zur Antwort. »Wir finden, sie sind der Inbegriff von Anmut. Und wenn der Wind die Unterblätter über einen ganzen Berghang hinweg hebt – Donnerwetter! – das ist wunderbar, nicht wahr? Da wird einem die Bedeutung von 'olivgrün' klar.«

»Das ist so«, seufzte er. »Aber trotzdem würde ich gerne eine zu essen bekommen – eine Olive, meine ich.«

»Ah, zu essen, ja. Das ist nicht so einfach. Wissen Sie, die Ernte ist – «

»Genau«, unterbrach er ungeduldig, der gewohnten und ausweichenden Erklärungen überdrüssig. »Aber ich würde die Früchte gerne probieren. Ich würde gerne eine genießen.«

Nach sechs Wochen Aufenthalt hatte er nicht ein einziges Mal eine Olive auf dem Tisch, in den Geschäften oder gar auf den Straßenkarren auf dem Marktplatz gesehen. Er hatte noch nie eine gekostet. Niemand verkaufte Oliven, obwohl Olivenbäume in diesem Ort wie eine Droge waren; niemand kaufte sie, niemand fragte nach ihnen; es schien, dass niemand sie haben wollte. Die Bäume waren, wenn er genau hinsah, dicht mit kleinen, dunklen Beeren bewachsen, die eher an eine saure Schlehe erinnerten als an die saftige, köstliche, würzige Frucht, die man mit ihrem Namen verbindet.

Männer klettern auf die Stämme, schütteln die beladenen Äste und schlagen mit langen Bambusstöcken auf sie ein, um die Früchte herunterzuklopfen, während Frauen, mit Kindern, die auf ihren Schenkeln hocken, mühsame Stunden damit verbrachten, die Körbe darunter zu füllen und dann Maultiere und Esel mit ihrem täglichen 'Fang' zu beladen. Aber eine Olive, die man essen konnte, war nicht zu bekommen. Er hatte sich nie für Oliven interessiert, aber jetzt sehnte er sich von ganzem Herzen danach, seine Zähne in einer von ihnen zu fühlen.

»Ach! Aber es ist die spanische Olive, die Sie essen«, erklärte der Oberkellner (ein Deutsch-Schweizer aus Basel). »Die hier sind nur für Öl.«

Danach mochte er die Olive nicht mehr – bis zu jenem Abend, an dem er das erste essbare Exemplar über den glänzenden Parkettboden rollen sah, von der unvorsichtigen Hand eines hübschen Mädchens zu ihm geschleudert, das ihm dann in die Augen sah und lächelte.

Er war überzeugt, dass auch Eva den Apfel über die smaragdgrüne Wiese des ersten Gartens der Welt zu Adam gerollt hatte.

Normalerweise schlief er wie ein Toter, aber heute muss es etwas sehr Reales gewesen sein, das ihn die Augen öffnen und sich wach im Bett aufsetzen ließ.

Da war ein Geräusch an seiner Tür. Er lauschte. Das Zimmer war noch ziemlich dunkel. Es war früher Morgen.

Das Geräusch wiederholte sich nicht.

»Wer ist da?«, fragte er im verschlafenen Flüsterton. »Was gibt es?«

Das Geräusch kam wieder. Hat jemand an der Tür gekratzt? Nein – es war jemand, der geklopft hatte.

»Was wollen Sie?«, fragte er mit lauter Stimme.

»Kommen Sie herein«, fügte er hinzu und fragte sich schläfrig, ob er vorzeigbar war.

Entweder brannte das Hotel oder der Portier weckte die falsche Person für eine Sonnenaufgangsexpedition.

Nichts geschah. Hellwach schaltete er den Schalter ein, aber kein Licht erhellte den Raum. Die Elektriker, so erinnerte er sich mit einem Fluch, streikten. Er tastete nach den Streichhölzern, und während er das tat, wurde eine Stimme im Korridor deutlich hörbar. Sie war direkt vor seiner Tür.

»Sind Sie noch nicht fertig?«, hörte er. »Sie schlafen ja ewig.«

Und die Stimme, obwohl er sie nie zuvor gehört hatte und sie eigentlich nicht wiedererkennen konnte, gehörte, wie er plötzlich wusste, zu dem Mädchen, das die Olive hatte fallen lassen. In einem Augenblick war er aus dem Bett. Er zündete eine Kerze an.

»Ich komme«, rief er leise, während er schnell in ein paar Anziehsachen schlüpfte. »Es tut mir leid, dass ich Sie habe warten lassen. Es wird nicht lange dauern.«

»Dann beeilen Sie sich!«, hörte er sie sagen, während die Flamme der Kerze langsam größer wurde und er seine Kleider fand. Weniger als drei Minuten später öffnete er die Tür und spähte mit der Kerze in der Hand in den dunklen Gang.

»Blasen Sie sie aus«, kam ein gebieterisches Flüstern. Er gehorchte, aber nicht schnell genug. Rote Lippen tauchten aus dem

Schatten auf. Es kam ein kräftiges Pusten von ihr, und die Kerze war erloschen. »Ich muss an meinen Ruf denken«, sagte sie. »Wir dürfen keinesfalls gesehen werden!«

Das Gesicht verschwand wieder in der Dunkelheit, aber er hatte es erkannt – die glänzende Haut, die hellen, blitzenden Augen. Der süße Atem berührte seine Wange.

Der Kerzenständer wurde ihm mit einer schnellen, geschickten Bewegung entrissen. Er hörte, wie er gegen die Vertäfelung schlug, als er abgesetzt wurde.

Er ging hinaus in einen pechschwarzen Korridor, wo eine weiche Hand die seine ergriff und ihn durch eine Hintertür, wie es schien, ins Freie der hügeligen Seite unmittelbar hinter dem Hotel führte.

Er sah die Sterne. Der Morgen war kühl und duftend, die scharfe Luft weckte ihn, und die letzten Reste des Schlafes verflüchtigten sich. Er war schläfrig und verwirrt gewesen, hatte der Aufforderung gehorcht, ohne nachzudenken. Jetzt wurde ihm plötzlich klar, dass er sich in einem Akt des Wahnsinns befand.

Das Mädchen, bekleidet mit einem dünnen Stoff, den sie locker um Kopf und Körper geworfen hatte, stand ein paar Meter entfernt. Er fand, dass sie aussah wie eine Gestalt, die aus Träumen und Schlummern einer vergessenen Welt kam, ja fast so, als wäre sie aus einer Legende herausgerufen.

Er sah, wie ihre Abendschuhe hervorlugten; er erahnte ein Abendkleid unter der hauchdünnen Hülle. Der leichte Wind wehte es dicht an ihren Körper. Sie erinnerte ihn an eine Nymphe.

»Aber waren Sie nicht im Bett?«, fragte er ziemlich dumm.

Er wollte sich eigentlich für seine törichte Unbesonnenheit entschuldigen, sie ausschimpfen und sagen, dass sie sofort zurückgehen müssen. Stattdessen kam dieser Satz aus ihm heraus.

Er vermutete, dass sie die ganze Nacht wach gewesen war.

Dann blieb er eine Sekunde lang stehen und starrte in stummer Bewunderung, seine Augen voller verwirrter Fragen.

»Ich beobachte die Sterne«, antwortete sie ihm mit einem fröhlichen Lachen.

»Orion hat den Horizont berührt. Ich bin sofort zu Ihnen gekommen. Wir haben nur noch vier Stunden Zeit!«

Die Stimme, das Lächeln, die Augen, der Hinweis auf Orion, rissen ihn aus seinen Gedanken. Etwas in ihm löste sich und flog wild und rücksichtslos zu den Sternen.

»Lassen Sie uns verschwinden«, rief er, »bevor der Bär kippt. Alcyone beginnt schon zu verblassen. Ich bin bereit. Kommen Sie!«

Sie lachte. Der Wind wehte den dünnen Stoff zur Seite und zeigte zwei elfenbeinweiße Gliedmaßen. Sie ergriff wieder seine Hand, und gemeinsam huschten sie den steilen Hang zum Wald hinauf.

Bald waren das große Hotel, die Villen, die weißen Häuser der kleinen Stadt, in der Einheimische und Besucher noch tief schliefen, außer Sichtweite. Der weite Himmel kam ihnen entgegen. Die Sterne verblassten, aber von der eigentlichen Morgendämmerung war noch nichts zu sehen. Die kühle Luft brannte auf ihren Wangen.

Langsam wurde der Himmel heller, der Osten wurde rosa, die Umrisse der Bäume zeichneten sich ab und die silbrig-grünen Blätter bewegten sich. Sie befanden sich inmitten von Olivenhainen, in denen die Geister der Bäume tanzten. Weit unter ihnen, in einem Becken von tiefer Farbe, sahen sie das alte Meer. Sie sahen die winzigen Flecken der fernen Fischerboote.

Die Matrosen sangen in die Morgendämmerung hinaus, und die Vögel zwischen den Mimosen der Hängenden Gärten antworteten ihnen.

Unter einem alten, dürren Baum, dessen Kampf, sich von der Erde zu lösen, seine großen, sich windenden Arme und seinen Stamm gequält hatte, hielten sie einen Moment inne, atmeten durch und sahen sich mit Augen voller glücklicher Träume an.

»Du hast recht schnell verstanden«, sagte das Mädchen » – meine kleine Botschaft. Ich konnte an deinen Augen und Ohren sehen, dass du es würdest.«

Und sie zwickte ihm erst mit zwei schlanken Fingern schelmisch in die Ohren, dann legte sie ihre weiche Handfläche mit einem leichten Druck auf beide Augen.

»Du warst auf jeden Fall halb und halb zu mir hingezogen«, fügte sie hinzu und sah ihn für einen kurzen Moment forschend von oben bis unten an, »wenn du es nicht sogar ganz bist.« Ihr Lachen zeigte ihre weißen, gleichmäßigen Zähnchen.

»Du weißt, wie man spielt, und das ist schon etwas«, fügte sie hinzu. Dann, wie zu sich selbst: »Du wirst es ganz sein, bevor ich mit dir fertig bin.«

»Was soll ich sein?«, stammelte er, der Angst hatte, sie anzuschauen.

Er wusste nicht genau, was sie meinte; er wusste nur, dass der Strom des Lebens immer stärker durch seine Adern floss, aber dass ihre Augen ihn verwirrten.

»Ich sehne mich danach«, fügte er hinzu. »Wie wundervoll Sie das gemacht haben! Sie rollen so unbeholfen herum – «

»Ach, das!« Sie schaute ihn durch eine Haarsträhne an. »Du hast sie behalten, hoffe ich.«

»Mehr oder weniger. Sie liegt auf meinem Kaminsims – «

»Bist du sicher, dass du sie nicht gegessen hast?«, und sie machte eine köstliche Mimik mit ihren roten Lippen, sodass er die Spitze einer kleinen spitzen Zunge sehen konnte.

»Ich werde sie behalten«, schwor er, »solange diese Arme Leben haben«, und er ergriff sie, gerade als sie sich bückte, um zu entkommen, und bedeckte sie mit Küssen.

»Ich wusste, dass du spielen wolltest«, keuchte sie, als er sie losließ. »Trotzdem war es lieb von dir, sie aufzuheben, bevor ein anderer sie bekommt.«

»Ein anderer!«, rief er aus.

»Die Götter entscheiden«, sagte sie. »Es ist ein wackliges Ding, diese Olive, denk daran. Sie kann nicht geradeaus rollen.«

Sie sah seltsam schelmisch aus, und etwas ausweichend.

Er starrte sie an: »Wenn sie woanders hin gerollt wäre – und ein anderer sie aufgehoben hätte – ?«, begann er.

»Dann sollte ich jetzt bei dem anderen sein!«, sagte sie, und dieses Mal war sie auf einmal weg, bevor er sie aufhalten konnte.

Der Klang ihres silbernen Lachens verhöhnte ihn zwischen den Olivenbäumen.

In einer Sekunde war er aufgesprungen und hinter ihr her. Er folgte ihrer schlanken weißen Gestalt in den altertümlichen Hain hinein und wieder hinaus, während sie leicht dahin huschte, ihr Haar im Winde flog, ihre Gestalt wie ein Sonnenstrahl oder der Lauf des schäumenden Wassers aufblitzte – bis er sie endlich einfing.

Er zog sie auf seine Knie hinunter und küsste sie wild, wobei er vergaß, wer und wo und was er war.

»Horch!«, flüsterte sie atemlos, einen Arm um seinen Hals gelegt. »Ich höre ihre Schritte. Horch! Es ist die Flöte!«

»Die Flöte – !«, wiederholte er, und war sich eines winzigen, aber köstlichen Schauderns bewusst, denn ein plötzlicher Schauer durchlief ihn, als sie es sagte.

Er starrte sie an. Die Haare fielen lose über ihre Wangen, die von seinen heißen Küssen durchflutet und gerötet waren. Ihre Augen waren trotz ihrer Sanftheit hell und wild.

Ihr Gesicht, das ihm seitlich zugewandt war, während sie ihm zuhörte, zeigte einen außergewöhnlichen Ausdruck, der ihm für einen Augenblick das Blut in den Adern gefrieren ließ.

Er sah die offenen Lippen, die kleinen weißen Zähne, den schlanken Hals, wie aus Elfenbein, den jungen Busen, der von seiner stürmischen Umarmung keuchte.

Von einer überirdischen Schönheit und Helligkeit erschien sie ihm, doch mit diesem seltsamen, fernen Ausdruck, der seine Seele mit plötzlichem Schrecken erfüllte.

Ihr Gesicht drehte sich langsam zu ihm hin.

»Wer bist du?«, flüsterte er und sprang auf, ohne ihre Antwort abzuwarten.

Er war jung und beweglich, auch stark, mit dieser schnellen Reaktion der Muskeln, die man hat, wenn man seinen Körper gut pflegt, aber er war ihr dennoch nicht gewachsen. Ihre Schnelligkeit und Beweglichkeit übertrafen die seinen mit Leichtigkeit.

Sie sprang hoch.

Bevor er ein Bein zur Flucht nach vorn bewegen konnte, umklammerte sie ihn mit ihren weichen, geschmeidigen Armen und Gliedern, sodass er sich nicht befreien konnte, und als ihr Gewicht ihn zu Boden drückte, fanden ihre Lippen die seinen und küssten sie so fest, dass er still sein musste.

Sie lag wieder in seiner Umarmung, ihr Haar über seinen Augen, ihr Herz an seinem Herzen, und er vergaß seine Frage, vergaß seine kleine Angst, vergaß die ganze Welt, die er kannte –

»Sie kommen, sie kommen«, rief sie fröhlich. »Die Morgendämmerung ist da. Bist du bereit?«

»Ich bin schon seit fünftausend Jahren bereit«, antwortete er und sprang neben ihr auf. »Ganz und gar!«, kam es mit einem strahlenden Lachen, das wie Wind zwischen den Olivenblättern war.

Sie schüttelte den letzten Schleier von sich, ergriff seine Hand, und gemeinsam liefen sie vorwärts, um sich der tanzenden Schar anzuschließen, die sich nun den Hang unter den Bäumen hinauf drängte.

Ihr fröhlicher Gesang erfüllte den Himmel. Mit Ranken und Efeu bedeckt und mit silbrig-grünen Zweigen behangen, ergossen sie sich in einer Flut strahlenden Lebens über den Berghang. Bald verschwanden sie wieder in der blauen Ferne des anbrechenden Morgens, und als die letzte Gestalt verschwand, tauchte die Sonne langsam aus einem purpurnen Meer auf.

Sie kamen an den Ort, den er kannte – das verlassene, vom Erdbeben zerstörte Dorf – und eine schwache Erinnerung regte sich in ihm. Er war sich nicht wirklich bewusst, dass er es schon einmal besucht hatte, dass er seine Sandwiches mit 'Hotelfreunden' unter seinen bröckelnden Mauern gegessen hatte, aber da war dennoch ein dumpfes, beunruhigendes Gefühl von Vertrautheit – aber nicht mehr.

Die Häuser standen noch, aber Tauben lebten in ihnen, und Wiesel, Hermeline und Schlangen hatten ihr zweifelhaftes Zuhause in alten Schlafzimmern.

Vor nicht einmal zwanzig Jahren drängten sich die Bauern in den engen Gassen, durch die jetzt die Morgendämmerung schimmerte und ein kühler Wind zwischen taufeuchten Brombeersträuchern wehte.

»Ich kenne das Haus«, rief sie, »das Haus, in dem wir leben würden«, und rannte, wie eine fliegende Form aus Luft und Sonnenlicht, in ein zerfallenes Häuschen, das kein Dach, keinen Boden und keine Fenster hatte. Wilde Bienen hatten ein Nest an die zerfallende Wand gehängt.

Er folgte ihr. Das Zimmer war sonnendurchflutet, und es gab Blumen. Auf einem einfachen Tisch stand eine Schüssel mit Sahne, Eiern, Honig und Butter, dicht neben einem selbstgebackenen Laib Brot. Sie sanken einander in die Arme auf einem Sofa aus duftendem Gras und Zweigen vor dem Fenster, wo wilde Rosen blühten – und die Bienen flogen ein und aus.

Es war Bussana, das sogenannte Erdbebendorf, weil es an einem Sommermorgen, als alle Bewohner in der Kirche waren, von einem plötzlichen Erdbeben heimgesucht worden war. Das herabstürzende Dach hatte sechzig Menschen getötet, die einstürzenden Mauern weitere hundert, und der Rest hatte es, so wie es war, verlassen.

»Die Kirche«, sagte er und erinnerte sich vage an die Geschichte. »Sie waren beim Gebet – «

28

Das Mädchen lachte ihm vergnügt ins Ohr, was sein Blut in einen Rausch und ein Beben köstlicher Freude versetzte. Er fühlte sich ungezähmt, wild wie der Wind und die Tiere.

»Der wahre Gott hat die Seinen geholt«, flüsterte sie. »Er kam zurück. Ach, sie waren nicht bereit – dafür hatten die alten Priester gesorgt. Aber er kam. Sie hörten seine Musik. Dann erschütterte sein Tritt die Olivenhaine, der alte Boden tanzte, die Hügel sprangen vor Freude – «

»Und die Häuser stürzten ein«, lachte er, während er sie näher an sein Herz drückte.

»Und nun sind wir zurückgekommen!«, rief sie fröhlich. »Wir sind zurückgekommen, um zu beten und uns zu freuen!«

Sie schmiegte sich an ihn, während die Sonne höher stieg: »Ich höre sie – horch!«, rief sie und sprang erneut, tanzend von seiner Seite.

Wieder folgte er ihr wie der Wind. Durch das zerbrochene Fenster sahen sie nackte Faune, Nymphen und Satyrn, die sich wälzten, tanzten und mit ihren weichen Hufen inmitten der Farne und Brombeeren herumhüpften.

Mit Füßen wie aus Licht und Luft eilten sie auf die fürchterliche, auseinandergebrochene Kirche zu. Ein Gebrüll von fröhlichem Gesang und Gelächter erhob sich.

»Komm!«, rief er. »Auch wir müssen gehen«, und Hand in Hand rannten sie zu der taumelnden, tanzenden Schar. Sie lag in seinen Armen, auf seinem Rücken und über seine Schultern geworfen, während er rannte.

Sie erreichten das zerstörte Gebäude, dessen ganzes Dach schon vor Jahren abgerutscht war, dessen Wände noch immer zitterten und in dessen zerbrochenen Schreinen die Vögel nisteten.

»Still!«, flüsterte sie in einem Ton der Ehrfurcht, aber auch der Freude. »Er ist da!«

Sie deutete mit dem nackten Arm über die sich senkenden Köpfe hinweg.

Dort, in dem leeren Raum, wo einst Hostie und Kelch standen, saß er und füllte die Nische erhaben und mit schrecklicher Macht. Seine zottelige Gestalt, gütig und doch schrecklich, erhob sich durch die kaputten Steine. Die großen Augen leuchteten und lächelten. Die Füße verloren sich im Gestrüpp.

»Gott!«, rief eine wilde, verängstigte Stimme, in der aber auch tiefe Anbetung lag, und die altbekannte Panik kam mit unheilvoller Schnelligkeit. Die große Gestalt erhob sich.

Die Vögel flogen schreiend davon, die Tiere suchten nach Löchern, die Anbeter, eben noch lachend und fröhlich, stürzten übereinander zu den Türen.

»Er geht wieder! Wer hat angerufen? Wer hat denn so gerufen? Seine Füße erschüttern den Boden!«

»Es ist das Erdbeben!«, schrie eine Frau mit schrillem Tonfall und in grässlichem Schrecken.

»Küss mich – ein Kuss, bevor wir wieder vergessen – !«, seufzte eine lachende, leidenschaftliche Stimme an seinem Ohr. »Noch einmal deine Arme, dein Herz, das auf meinen Lippen schlägt – ! Du hast seine Macht erkannt. Du bist es jetzt ganz und gar! Wir werden uns erinnern!«

Er wachte auf, mit dem schweren Bettzeug, das sich gegen seinen Mund drückte, und dem Wind des frühen Morgens, der traurig um die Hotelwände seufzte.

»Sind sie schon wieder weg, die Damen?«, erkundigte er sich beiläufig beim Oberkellner und deutete auf den Tisch. »Sie waren gestern Abend beim Abendessen hier.«

»Wen meinen Sie?«, antwortete der Mann einfältig und starrte mit ausdruckslosem Gesicht auf die angedeutete Stelle.

»Gestern Abend beim Abendessen?«, sagte er und versuchte zu denken.

»Eine englische Dame, schon etwas älter, mit ihrer Tochter – «, und genau in diesem Moment kam das Mädchen allein herein.

Das Mittagessen war vorbei, der Raum leer. Es gab eine schwierige Sekunde des Innehaltens. Es schien lächerlich, nicht zu sprechen. Ihre Blicke trafen sich. Das Mädchen errötete heftig.

Er reagierte sehr schnell für einen Engländer. »Ich habe mir erlaubt, nach Ihrer Mutter zu fragen«, begann er. »Ich hatte Angst« – er blickte auf den gedeckten Tisch – »dass es ihr vielleicht nicht gut geht?«

»Oh, aber das ist sehr nett von Ihnen, ganz bestimmt.«

Sie lächelte. Er sah die kleinen weißen, gleichmäßigen Zähne –

Und bevor drei Tage vergangen waren, war er so verliebt, dass er sich nicht mehr zurückhalten konnte.

»Ich glaube«, sagte er etwas schleppend, »das gehört Ihnen. Sie haben sie fallen lassen, wissen Sie. Äh – aber darf ich sie trotzdem behalten? Es ist doch nur eine Olive.«

Sie befanden sich jetzt natürlich in einem Olivenhain, als er sie fragte, und die Sonne ging gerade unter.

Sie sah ihn an, betrachtete ihn von oben bis unten, schaute auf seine Ohren, seine Augen.

Er spürte, dass in einer weiteren Sekunde ihre kleinen Finger hochrutschen und Erstere zwicken oder Zweitere mit einem sanften Druck bedecken würden.

»Sagen Sie mir«, flehte er: »Haben Sie etwas geträumt, in der ersten Nacht des Tages, in der ich Sie sah?«

Sie machte einen schnellen Schritt zurück.

»Nein«, sagte sie, als er ihr noch schneller folgte, »ich glaube nicht, dass ich es getan habe.

Aber«, fuhr sie atemlos fort, als er sie einholte, »ich wusste es – so wie Sie sie in die Hand genommen haben – «

»Was wussten Sie?«, fragte er und hielt sie fest, damit sie sich nicht wieder losreißen konnte.

»Dass Sie schon halb und halb zu mir hingezogen waren, aber es bald ganz und gar sein würden.«

»Haben Sie danach etwa schlecht geschlafen?«, fragte sie.

Und während er sie küsste, spürte er, wie ihre weichen kleinen Finger seine Ohren zwickten.

Das Bat and Belfry Inn

Das 'Bat and Belfry' Inn [Fledermaus und Glockenturm Hotel] war das malerischste, aber auch verrückteste Hotel, in dem wir je übernachtet haben.

Tony und ich waren auf einer Tour durch Nordwales. Wir sind an jenem Morgen mit dem Zweisitzer von Llandudno losgefahren, hatten in Festiniog zu Mittag gegessen und fuhren am späten Nachmittag ein reizvolles Tal hinunter, mit der widerwilligen Hilfe einer Straße, deren glatte Oberfläche, falls sie jemals einen solchen Vorteil besessen hatte, längst verschwunden war.

Als wir um eine der zahllosen Haarnadelkurven auf unserer Straße fuhren, bot sich uns die herrlichste Miniaturszene, die wir je gesehen hatten; fast automatisch stoppte ich den Wagen.

»Oh, George, was für ein bezauberndes Hotel«, rief Tony aus. »Lass uns anhalten und einen Tee trinken.«

Tony, das sollte ich erwähnen, ist meine äußerst praktisch veranlagt Frau. Ich selbst hatte das Hotel nicht bemerkt, inmitten der perfekten Kulisse, zu der sich das Tal öffnete.

Von der Straße aus fiel das Land hundert Fuß steil zu einem felsigen Gebirgsbach ab, dessen Wasserrauschen leise zu uns heraufdrang, wie die Musik einer Muschel am Ohr.

Dahinter erhoben sich Hügel über Hügel, die von der Sonne sporadisch beleuchtet wurden, sodass ihre Konturen eine Mischung aus leuchtend violettem Heidekraut, rotbraunem Farnkraut und indigoblauen Schatten waren.

Weit unten im Tal glitzerte der Bach wie ein Spiegel durch einen Schleier aus Bäumen.

Und meine Frau Tony sprach im Anblick dieses Wunders von *Tee!*

Ich riss meine Augen von der mich wie ein Magnet anziehenden Aussicht los und stellte fest, dass ich den Wagen nur wenige Meter von einem kleinen Hotel entfernt angehalten hatte, das ursprünglich von jemandem aus Fleisch und Blut dort errichtet worden sein musste.

Es lag am offenen Straßenrand, fünf Meilen von jedem Ort entfernt. Es war aus dem rauen graugrünen Stein der Gegend gebaut, aber seine bleiverglasten Fenster, die großen alten Balken, die sich über die weiß verputzten Giebel wölbten, und die Klematis und die späten Teerosen, die sich um seine Veranda rankten, erhoben es über das Gewöhnliche.

Ich konnte Tonys eigenen Wunsch kaum ablehnen, denn das Hotel fügte sich wunderbar in seine Umgebung ein. Es hatte nichts von der Bierstube auf dem Berggipfel, die dem deutschen Geist so lieb ist. Es sah ruhig, kultiviert und erholsam aus, und man spürte instinktiv, dass es in einer Art und Weise geführt werden würde, die zu seiner Umgebung passte.

»Donnerwetter, Tony!«, sagte ich, als ich mich der mit Klematis bewachsenen Veranda näherte, »wir könnten Schlimmeres tun, als hier ein oder zwei Tage zu bleiben.«

»Wir werden auf jeden Fall Tee trinken und sehen, was wir davon halten«, sagte sie.

Ich holperte über den roten Kachelboden, und als sich meine Augen an das schummrige Licht gewöhnt hatten, das so gut mit dem Sonnenschein draußen kontrastierte, fand ich mich in einem kleinen, sonnendurchfluteten Raum wieder, mit einer niedrigen Decke, Eichenholz, einigen bequemen Stühlen und einer alten Acht-Tage-Uhr, die auf zehn Uhr fünfunddreißig stand.

Und da war noch ein Mann, ein langer, dünner Mann, glatt rasiert, bekleidet mit einer alten Schützenjacke und einem Paar schäbigen grauen Flanellhosen. Er rauchte eine Pfeife und las in einem Buch. Als ich eintrat, blickte er nicht auf, und ich hielt ihn zunächst für einen Gast des Hotels.

Eine Seite des Raumes bestand aus undurchsichtigen Glasscheiben, mit einem offenen Platz in der Mitte und einem Tresen, auf dem mehrere leere Gläser standen. Also ging ich zu diesem gastfreundlich aussehenden Platz und klopfte auf den Ladentisch.

Nachdem mehrere Wiederholungen keine Antwort gebracht hatten, wandte ich mich an das einzige lebende Wesen, das mir zur Verfügung zu stehen schien.

»Können Sie mir sagen, ob wir hier im Hotel Tee trinken können?«, fragte ich.

Der lange Mann erschrak, sah auf, schlug sein Buch zu und sprang auf die Füße, als ob er zum Leben erwacht worden wäre.

»Natürlich, natürlich, natürlich«, rief er hastig und fügte, wie als einen nachträglichen Einfall, noch ein weiteres 'natürlich' hinzu.

Ich hatte anscheinend eine echte Überraschung über diese fast choralartige Antwort gezeigt, denn er riss sich zusammen und wurde etwas deutlicher.

»Ich werde mich sofort darum kümmern«, sagte er eilig.

»Ich bin der Eigentümer, wissen Sie. Es wird Ihnen hoffentlich nichts ausmachen, wenn wir ein wenig durcheinander sind. Wissen Sie, ich bin gerade erst eingezogen. Ein Onkel hat es mir hinterlassen, ein Onkel in Australien. Ich kümmere mich sofort darum.«

»Möchten Sie irgendetwas, das Ihnen besonders gut schmeckt? Jetzt erst einmal Brot und Butter oder vielleicht Kuchen?«

»Nehmen Sie doch Platz – hier sind zwei Plätze« (Tony war mir gefolgt).

»Und sehen Sie sich die Zeitung von gestern an. Oh ja, Sie können Tee trinken – natürlich, natürlich, natürlich. Natürlich – «

Seine Worte verstummten, als er einen mit leichten Steinplatten belegten Gang hinunterrannte. Ich sah Tony an und hob meine Augenbrauen.

»Scheint ein bisschen verrückt zu sein«, sagte ich.

»Wie herrlich kühl«, sagte sie und schaute sich in dem altmodischen Zimmer prüfend um, »und so sauber! Ich glaube, wir halten hier an.«

»Lass uns einen Tee trinken, bevor wir uns entscheiden«, schlug ich vor. »Der Besitzer ist ausgesprochen exzentrisch, um es noch vorsichtig auszudrücken.«

»Er sah ziemlich hochgestellt aus, fand ich«, sagte Tony. »Nicht im Geringsten, wie ein Waliser.«

Tony selbst stammt aus Schottland, weit nördlich des Tweed.

Das Hotel war klein und die Küche anscheinend ganz in der Nähe, denn aus der Richtung, in die mein Gastgeber verschwunden war, hörten wir Geräusche, die auf einen heftigen Streit hindeuteten.

Wir waren an hitzige Auseinandersetzungen in den Hotels, in denen wir abgestiegen waren, gewöhnt, aber sie hatten immer auf walisisch stattgefunden, während dieser Streit zweifellos auf Englisch geführt wurde. Fetzen davon drangen zu unseren Ohren.

» – hast nicht den Mut eines Kaninchens, Bill.«

» – alles schön und gut, aber – «

»Ich habe keine Angst, ich werde – «

Dann kehrte unser Gastgeber zurück.

»Ich komme, komme, komme«, sagte er, die Hände tief in die Hosentaschen gesteckt, und klimperte mit dem Kleingeld in einer Weise, die auf Unruhe schließen ließ.

Er sah auf uns herab, als ob er nicht recht wüsste, was er mit uns anfangen sollte, und dann schien ihm eine Idee zu kommen. Er verschwand für einen Moment, um fast sofort wieder in dem quadratischen Spalt des Barfensters zu erscheinen.

»Wie wäre es mit einem Drink, während Sie warten?«, fragte er, jetzt viel natürlicher.

Ich schaute auf meine Uhr. Es war halb fünf. 'Die gehen hier offensichtlich sehr zwanglos mit den gesetzlichen verordneten Zeiten um', dachte ich.

»Ich dachte, der Alkoholausschank wäre erst am sechs Uhr?«, sagte ich.

Der dünne Mann war völlig verwirrt. Sein Gesicht lief rot an, er schloss das Fenster mit einem Knall und kam einen Moment später wieder zu uns zurück.

»Tut mir schrecklich leid«, stammelte er entschuldigend. »Das könnte dem Haus einen schlechten Ruf einbringen. Es war sehr rücksichtslos von meinem Onkel, mir kein Buch mit den Regeln zu hinterlassen. Ein schlimmer Fehler war das – was?«

Offensichtlich war Tony von den Exzentrizitäten unseres Gastgebers nicht so beeindruckt wie ich. Sie fand das Hotel und seine Lage gut und hatte sich entschlossen, hierzubleiben. Ich konnte es an ihrem Gesicht ablesen, als sie sich an den Besitzer wandte.

»Haben Sie eine Übernachtungs-möglichkeit, falls wir uns entschließen sollten, ein paar Tage zu bleiben?«

»Hierbleiben? Sie wollen bleiben?«, wiederholte er, und die Bestürzung stand ihm ins Gesicht geschrieben.

»Gut G – ich meine natürlich, natürlich, natürlich.«

Er rannte wie ein Kaninchen den Gang hinunter, und wir hörten heiseres Flüstern aus der Richtung, in die er gegangen war.

»Ziemlich schrullig«, meinte ich.

»Kein bisschen«, erwiderte Tony. »Er ist nur nervös, weil er neu in seinem Job ist, aber sehr darauf bedacht, zuvorkommend zu sein. Wir werden hier großartig zurechtkommen.«

Ich zuckte mit den Schultern und sagte nichts mehr, denn ich kenne Tony. Ich bin seit vielen Jahren mit ihr verheiratet.

Leichte Schritte auf den Fliesen kündigten etwas Neues an – etwas anderes, aber ebenso Überraschendes.

»Der Tee ist serviert, Madam, wenn Sie bitte hier entlang gehen würden.«

Sie war die Apotheose aller Kellnerinnen. Ihre Kutte war schwarz, aber sie war aus

Seide und sehr fein geschnitten. Ihre Schürze aus grober weißer Baumwolle wirkte dagegen grotesk.

Ihre hübschen kleinen Füße steckten in hochhackigen Schuhen, und ihre Strümpfe waren aus Seide.

Die gewöhnliche Mütze, die sie trug, saß kokett auf ihren dunklen Locken, und ihr Gesicht war reizend, wenn auch in jenem unnatürlichen Ausdruck von Distanz versteinert, den in der Regel nur die allerbesten Bediensteten erreichen können.

Es gab keine anderen Gäste in der Kaffeestube, und dieses Wunderding von Dienstmädchen widmete uns ihre ganze Aufmerksamkeit, stand bei uns wie eine Eissäule, die nur auftaute, um sich um unsere Bedürfnisse zu kümmern.

Es gab kein Durchkommen durch ihren Schleier der Verschlossenheit. Tony versuchte sie mit Fragen zu löchern, aber »Ja, Madam, nein, Madam und gewiss, Madam« waren die Summe ihres Wortschatzes. Als wir sie jedoch in die Küche schickten, um mehr heißes Wasser zu holen, hörten wir ein Flüstern und Kichern, das uns versicherte, dass sie abseits der Bühne auftauen konnte.

»Wir müssen ein oder zwei Tage bleiben«, sagte Tony. »Ich brenne darauf, in diesen Gewässern zu paddeln.«

»Meine Liebe, wie oft hast du mir versprochen, dass du mich nach unserer Heirat niemals aus Frust zum Scotch treiben würdest!«, protestierte ich.

»Wenn ich ein Gewässer sehe, dann muss ich einfach darin paddeln«, erwiderte Tony, die ihren Zusagen mit Absicht abschwor. »Also werden wir das Zimmer buchen.«

In diesem Moment kam die himmlische Kellnerin mit dem heißen Wasser zurück, und Tony verkündete ihren Entschluss.

'Ich fahre den Wagen', dachte ich mir dabei, 'aber Tony sorgt für die Antriebskraft'.

»Gewiss, Madam. Ich werde mit Mr Gunthorpe sprechen«, sagte die Kellnerin.

Schnell kehrte sie zurück: »Nummer zehn ist frei. Die Diener und das Zimmermädchen sind alle zu einem Wettbewerb für Schafhütehunde unterwegs, aber wir erwarten sie jeden Moment zurück.«

»Ich werde Ihnen das Zimmer zeigen, Madam, und Sir, wenn Sie inzwischen den Wagen stehen lassen, bis der Diener zurückkommt – «

»Das ist schon in Ordnung. Keine Eile, keine Eile«, sagte ich.

Während wir unser Zimmer untersuchten und es für gut befanden, hörte ich ein Auto vor dem Hotel vorfahren und Stimmen, die sich unterhielten.

Einige Minuten später, als ich die Treppe hinunterging, machte ich die Bekanntschaft des Dieners. Er erwartete mich offensichtlich bei meinem Auto und berührte seine Stirnlocke auf eine Art und Weise, die man selten außerhalb der Bühne sieht. Er trug kakifarbene Cordhosen mit Ledereinsätzen, ein gestreiftes, am Hals offenes Hemd und kaute verzweifelt auf einem Strohhalm herum. In keiner Hinsicht glich er den Bediensteten eines abgelegenen Hotels.

»Zur Garage geht's hier lang, Sir«, sagte er und führte mich zu meinem Ziel, wo bereits ein Zweisitzer der gleichen Marke wie mein eigener stand.

»Tolles kleines Auto, was?«, sagte der Diener und kaute weiter kräftig auf seinem Strohhalm herum, während er dastand, die Hände tief in etwas vergraben, das man bildhaft als 'Geh-zur-Hölle'-Taschen bezeichnet, und die Beine weit gespreizt.

»Ein Kurztrip, nicht wahr? Heute haben wir das beste Wetter seit Wochen. Wenn es Ihnen nichts ausmacht, alter Knabe – würden Sie bitte ihre Karre ein wenig in diese Richtung bewegen. Es könnte ja noch was reinkommen, nicht wahr?«

Ich betrachtete diese neueste Darbietung mit unverhohlenem Erstaunen, aber er ließ sich nicht beirren und kaute lediglich mit neuer Energie auf dem Stroh herum.

»So ist es richtig, alter Junge«, sagte er, als ich den Wagen in Position brachte.

»Was nun? Soll ich ihnen mit dem Zeug im Kofferraum helfen oder wollen Sie es selbst raufschleppen? Kümmern Sie sich kein bisschen um mich. Ich bin zu allem bereit.«

Er sah recht freundlich dabei aus, und er kam mir mit dem Ort vertraut vor, sodass ich kurz angebunden antwortete:

»Bringen Sie es zur Nummer zehn«, sagte ich und ging los, um Tony zu überholen, die ich schon auf halbem Weg zu ihrem geliebten Gewässer sah.

»Ich habe das Zimmermädchen gesehen«, sagte sie, als ich sie überholte. »So ein hübsches Mädchen, aber sehr schüchtern und ungekünstelt. Sie ist ein Mädchen, aber sie trägt einen Ehering.«

Ich beobachtete Tony eine Zeit lang, wie sie paddelte, aber da ihr Vergnügen hauptsächlich darin bestand, sich bis auf die Unterwäsche nass zu machen, wurde ich dem überdrüssig und ging hoch zum Hotel.

Das Fenster der Bar in der kleinen Lounge war wieder geöffnet, und Mr Gunthorpe stand dahinter, die Arme auf dem Sims aufgestützt.

»Möchten Sie etwas trinken?«, fragte er, als ich eintrat. »Es ist jetzt alles in Ordnung. Das Signal wurde gegeben.«

Ich schaute auf meine Uhr. Es war nach sechs Uhr.

»Ich nehme einen kleinen Scotch mit Soda«, entschied ich.

»Der geht aufs Haus«, sagte der exzentrische Besitzer und Gastwirt.

Er brachte zwei Gläser und füllte sie, und ich bemerkte, dass er Geld aus seiner Tasche nahm und es in die Kasse legte.

»Also, viel Erfolg bei der neuen Geschäftsführung!«, sagte ich und hob mein Glas gegen seins.

»Cheerio, und danke«, sagte er und lächelte mich freundlich an.

Er schien selbstbewusster und weniger exzentrisch zu sein, als er mir bei unserer Ankunft erschienen war, und ich beschloss, ihn aus der Reserve zu locken.

»Es ist schon komisch, dass ein Australier ein Hotel in den walisischen Hügeln besitzt«, wagte ich zu sagen. »Ist ihr Onkel kürzlich gestorben?«

»Australien? Sie müssen mich missverstanden haben«, sagte Mr Gunthorpe mit einem gejagten Blick in den Augen. »Sehr wahrscheinlich – sehr wahrscheinlich habe ich Ostende gesagt.«

»Ostende? Ja, vielleicht«, stimmte ich zu und war mir dabei aber sehr sicher, dass ich mich nicht geirrt hatte.

»Hatte er dort auch ein Hotel?«, fuhr ich fort.

»Ja, ja. Natürlich, natürlich, natürlich«, stimmte der Besitzer reichlich überflüssig zu.

»Und betreiben Sie das auch?«, fragte ich.

»Gott bewahre!«, rief er mit einem Schaudern aus.

»Sehen Sie ... das – das ist nur eine kleine Hinterlassenschaft. Nach und nach wird es schon gehen. Na gut, na gut. Lassen Sie uns noch einen Drink nehmen.«

»Der geht auf mich«, beharrte ich.

»Nein, nein, nein. Auf Kosten des Hauses. Alles für das Wohl des Hauses.«

»Komm her, Bob, trink einen mit!« Er sprach zu dem Diener, der jetzt eintrat. Dieser schlenderte mit der ganzen Selbstbeherrschung eines willkommenen Gastes zur Bar.

»Nur einen kleinen Scotch, altes Haus!«, sagte er fröhlich. »Es ist ein hartes Leben.«

»Haben Sie es sich gemütlich gemacht, mein Freund?«, sagte er zu mir. »Fragen Sie nach allem, was Sie wollen. Das heißt nicht, dass Sie es auch bekommen, aber wenn wir es haben, gehört es Ihnen. Nur Klimpern, klimpern, krachen, krachen!«

Mit diesem ungewöhnlichen Trinkspruch hob er sein Glas und leerte es.

»Nehmen Sie noch einen«, sagte er. »Drei Scotch, Boniface.«

Ich protestierte. Das war mir alles zu heiß und zu schnell. Außerdem hatte ich keine Lust, mich in der Schuld bei diesem erdrückenden Diener zu befinden. Mein Protest war aber vergeblich. Die Gläser wurden gefüllt, während ich die Worte noch auf den Lippen hatte.

Ich dachte an Tony und zitterte. Der Anstand würde mich zwingen, noch eine weitere Runde durchzustehen, bevor ich nach dem Ende rufen konnte.

»Alles in Ordnung in der Stube?«, fragte der Diener den Wirt im vertraulichen Ton.

»Das Bankett ist in Vorbereitung«, antwortete dieser. »Alles läuft nach Plan.«

»Der Himmel gebe, dass etwas Vernünftiges dabei herauskommt, mein Freund«, sagte der Diener inbrünstig. »Aber du kennst Molly. Einen Straußenbraten würde ich ihrer Küche wohl nicht anvertrauen. Hoffen wir das Beste.«

Er leerte sein Glas erneut, aber dieses Mal gelang es mir, mich durchzusetzen:

»Noch drei Whiskys bitte, Herr Wirt«, sagte ich, und dabei konnte ich Tony deutlich durch die kleinen Bleiglasscheiben hindurch erkennen, in schöne Quadrate zerlegt.

Ich schaffte es, meinen Drink gerade noch rechtzeitig herunterspülen und ging zur Türschwelle, um sie zu treffen, in schmutziger Kleidung und unordentlich, aber begeistert von ihrem Gewässer.

Unterwegs, zurück zum Hotel, hatte sie ihr Gelübde, mich nicht zum Scotch zu treiben, noch dreimal gebrochen und entschuldigte ihr Weiterrudern sofort mit der Begründung, dass die Gegend um das Gewässer das perfekte Ebenbild eines Ortes sei, den sie 'Pairth' [schottisch/gälisch für Perth] nannte.

Als sie nach heißem Wasser läutete, um die Spuren ihrer Verschmutzungen in dem Gewässer abzuwaschen, konnte ich einen ersten Blick auf das Zimmermädchen werfen.

Ich fand sie noch hinreißender als die Kellnerin unten, und sie hatte den zusätzlichen Vorteil, dass sie nicht abweisend war, sondern kicherte. Sie kicherte beim kleinsten Wort von mir, worauf Tony sofort ihren ersten Eindruck änderte und sie ein vorlautes Flittchen nannte.

Ich persönlich mochte das Mädchen, auch wenn sie gegen alle Regeln verstieß, indem sie in einer Seidenbluse und einem maßgeschneiderten Tweedrock zu uns kam.

Als ich vor dem Abendessen die Treppe hinunterging, begegnete ich ihr erneut, dieses Mal unverkennbar in den Armen des allgegenwärtigen Dieners.

Ich war ahnungslos in ein kleines Wohnzimmer gegangen, in dem bereits eine Lampe leuchtete, und stieß unerwartet auf das romantische Bild.

Mit einem gemurmelten Wort einer gestammelten Entschuldigung machte ich mich daran, mich zurückzuziehen.

»Schon gut, altes Haus, laufen Sie nicht gleich weg«, sagte Diener freundlich. »Tut mir schrecklich leid und was auch immer. Ich hatte ganz vergessen, dass dies ein öffentlicher Raum ist, wissen Sie.«

Das Zimmermädchen kicherte noch einmal und verschwand, wobei sie ihre Mütze zurechtrückte.

»Sie haben doch nichts dagegen, oder?«, fuhr der Diener fort und machte eine unbeholfene Vorstellung daraus, den Docht der Lampe zu trimmen.

»Heiß ist die Begrüßung, wenn Meere zwischen uns geflossen sind. Vielleicht nicht ganz, aber Sie verstehen schon, was ich meine, oder?«

Zweifellos hätte er noch mehr gesagt, denn er war offensichtlich gut gelaunt, wenn nicht die Kellnerin des Nachmittags in der Tür gestanden hätte, mit einem Gesicht, das zu einer Eismaske erstarrt war.

»Bob – in deine Hundehütte«, sagte sie scharf und hielt die Tür weit auf.

Die Fröhlichkeit verschwand und der Diener folgte ihr durch die offene Tür.

»Ich hoffe, Sie werden ihn entschuldigen, Sir«, sagte die Kellnerin höflich. »Er ist nur ein bisschen gestört, aber ganz harmlos. Wir beschäftigen ihn hier aus Nächstenliebe, Sir.«

Vielleicht täuschte ich mich, aber Laute, die dem Kichern des Zimmermädchens ungewöhnlich ähnlich waren, drang vom Gang her zu mir.

Gerade als die Kellnerin mich verließ, lockte mich das Geräusch eines vor dem Hotel haltenden Wagens zum Fenster. Ich sah gerade noch rechtzeitig, wie ein alter Herr mit langem weißem Bart aus dem Inneren einer Daimler-Landaulette stieg, deren Tür von einem würdigen Chauffeur geöffnet wurde und dessen Kleidung hauptsächlich aus Messingknöpfen zu bestehen schien.

Im Rauchsalon oder in der Bar fand danach offensichtlich eine Beratung zwischen diesem Patriarchen und dem Besitzer statt, und dann hörte ich aufgeregte Stimmen im Gang draußen.

»Das ist eine regelrechte Invasion«, sagte Mr Gunthorpe. »Ich sage dir, wir können es nicht tun. Gütiger Himmel, sie drohen, sich einen Monat hier niederzulassen, wenn sie sich wohlfühlen.«

»Mach dir darüber keine Sorgen, alter Knochen. Sie werden nicht lange bleiben«, hörte ich die Stimme des Dieners sagen.

»Und dann wollen sie noch eine spezielle Diät. Das alte Mädchen kann kein Fleisch essen, sie leidet an einem Zwölffingerdarmgeschwür. Ich sage dir, sie sind sehr schnell zum Punkt gekommen! Wir können es nicht tun, Molly.«

»Alter Dickkopf, natürlich können wir das. Ich werde etwas zusammenstellen, mit dem ihr 'Wie-auch-immer-du-es-nennst-Ding' noch nie zu tun hatte. Geh schon, Bill, und sei freundlich.«

»Soll ich ihnen einen Drink spendieren?« – kam es wieder vom Mr Gunthorpe.

»Tu das, alter Knochen. Ich komme und trinke auch einen«, sagte der Diener.

»Das wirst du nicht, Bob. Du kümmerst dich um den Chauffeur, das Auto und das Gepäck.«

»Schickt das Gepäck zum Teufel! Ich werde dem Chauffeur einen Drink spendieren.«

Da meldete sich die Frauenstimme warnend wieder zu Wort.

»Ihr habt schon genug getrunken, ihr beide«, sagte sie.

»Ihr solltet bedenken, dass ihr das Hotel nicht nur für euch selbst führt.«

»Ist schon in Ordnung, altes Mädchen. Es ist genug für alle da. Der Keller ist voll davon.«

Die Stimmen verstummten, und ich schlenderte noch einmal in die Bar hin.

Mr Gunthorpe war gemäß den Anweisungen freundlich zu dem alten Herrn, während ihn eine alte Dame, mit einer Haube auf dem Kopf, durchdringend ansah.

Als ich eintrat, hörte ich den Wirt, wie er zu dem Neuankömmling sagte: »Das mit der Diät ist schon in Ordnung. Wir haben uns auf spezielle Diäten spezialisiert. In der Tat ist unsere normale Diät eine Spezialdiät. Ja, natürlich.«

»Wir haben Mulligatawny-Suppe [scharfe Curry-Suppe, ein fester Teil der britischen Küche], Sardinen, Roastbeef, Trifle und Gorgonzola-Käse.«

»Vielleicht nehmen Sie inzwischen einen Drink, während Sie warten?«

»Gewiss nicht, Sir«, antwortete der alte Herr gereizt. »Sie scheinen nicht in der Lage zu sein, das zu verstehen. Meine Frau hat ein Zwölffingerdarmgeschwür, Sir. Sie hat es seit vierzehn Jahren im September, und Sie reden mit mir von Mulligatawny-Suppe.«

»Das verstehe ich natürlich sehr gut«, erwiderte Mr Gunthorpe weltmännisch. »Alles, was irgendwelche Reizwirkungen hat, wird weggelassen aus der – «

»Dann wird es keine Mulligatawny-Suppe sein, Sie Narr!«, schrie die alte Dame, deren Blutdruck ich seit einiger Zeit steigen sah.

»Gewiss nicht, Madame. Natürlich, zweifelsohne. Wir nennen es Rindertee, und ihr 'Was-auch-immer' wird es nie erfahren.«

»Wer wird es nie erfahren?«, fragte der alte Herr mit einem Anflug von Verwirrung.

»Madams Zwölffingerdarmgeschwür, Sir«, antwortete der Wirt mit einer ehrerbietigen Verbeugung, die zweifellos diesem Organ galt.

Jedes einzelne Haar im Bart des alten Herrn begann sich mit der Elektrizität der Verzweiflung zu kräuseln und zu winden, und jeden Moment erwartete ich, dass Funken daraus hervorschießen würden. Die alte Dame faltete die Hände über ihrem Schoß und blickte den Besitzer finster an.

»Wie weit ist es bis zum nächsten Hotel, John?«, fragte sie säuerlich ihren Mann.

«Zu weit, um noch heute Nacht zu gehen, Mary«, antwortete er. »Ich fürchte, wir müssen uns mit diesem Irrenhaus abfinden.«

»Um mich abzulenken«, sagte er dann, »verlangte ich einen Aperitif – Gin mit Bitter.

Mr Gunthorpes Gesicht hellte sich auf und er verschwand hinter der Bar.

»Natürlich, natürlich. Trinken Sie mit mir!«, rief er eifrig und seine Augen waren voller Dankbarkeit für die Abwechslung.

Ich hatte die größten Schwierigkeiten, unsere beiden Drinks zu bezahlen, denn Mr Gunthorpe wollte mich natürlich nicht alleine trinken lassen, und ich bestand andererseits darauf, dass das Haus schon genug für mich getan hatte.

»Dann müssen wir noch einen trinken«, erklärte er als einzigen Ausweg aus der Schwierigkeit.

Zu meinem Glück erschien Tony, bekleidet und bei klarem Verstand, und sprach noch einmal in klarem Englisch mit ihm, sodass ich es schaffte, weitere Erregung zu vermeiden.

Mr Gunthorpe schaute mich vorwurfsvoll an, als ich mit meiner Frau wegging. Ich konnte sehen, dass er jetzt, ohne mich, weitere Verhöre zum Thema Diäten fürchtete.

Vor dem Abendessen passierte nichts weiter. Tony und ich gingen hinaus und bewunderten die wunderbare Aussicht im Halbdunkel, gerade als die Mücken die Oberhand gewannen. Selbst der Rauch meiner verdorbenen alten Pfeife half uns nicht, sie deckte aber unseren Rückzug, als der Gong zum Abendessen ertönte.

Es wurde das verrückteste Abendessen, an dem ich je teilgenommen hatte.

In der kleinen Kaffeestube waren drei Tische gedeckt, und da Tony und ich als erste erschienen, warf ich neugierig einen Blick auf die Speisekarte des ersten Tisches.

»Hier entlang, Sir, wenn ich bitten darf«, sagte die kühle Stimme unserer vorbildlichen Kellnerin.

Ich hatte auf der Karte bereits 'Rindertee' und 'gedämpfte Seezunge' entziffert und schloss daraus, dass der Tisch für das Zwölffingerdarmgeschwür reserviert war.

An dem Tisch, an den man uns führte, fand ich auf der Speisekarte 'Mulligatawny-Suppe', und ich machte mir einige Gedanken.

Die alte Dame und der alte Herr wurden von dem Diener zu ihren Plätzen geführt, der nun adrett in gestreiften Hosen und schwarzer Jacke und Weste gekleidet waren. Ich sage 'adrett', weil die Kleidung aus gutem Material bestand und der Träger mit Abstand der bestgekleidete Mann im Hotel war.

Die beiden Plätze am dritten Tisch wurden von einem Jungen und einem Mädchen eingenommen, die so jugendlich aussahen, dass sowohl Tony als auch ich erstaunt waren, dass sie allein im Hotel wohnten.

Der Junge mochte fünfzehn und das Mädchen höchstens zwölf Jahre alt sein, aber dass sie sich in ihrer Umgebung pudelwohl fühlten, wurde schnell deutlich, ebenso wie die Tatsache, dass sie Bruder und Schwester waren. Letzteres wurde durch die Art und Weise deutlich, wie der Junge das Mädchen schikanierte und ihr bei jeder Gelegenheit widersprach.

Als wir alle unsere Plätze eingenommen hatten, herrschte eine Art angespanntes Warten.

Ich sah den alten Herrn mit der Brille auf der Nasenspitze, wie er aufmerksam die Speisekarte studierte. Dann wandte er sich an seine Frau.

»Geminztes Hühnchen mit Reis – peptonisiert«, sagte er misstrauisch. »Hast du jemals von so einem Gericht gehört, Mary?«

»Noch nie. Aber an diesem Ort würde mich nichts überraschen«, antwortete seine Frau und blickte mit einem tadelnden Blick durch den Raum, was auch die unschuldige Tony und mich einschloss.

Die beiden Kinder glucksten. Sie trugen eine erwartungsvolle Miene, wie ich sie bei meinen Neffen und Nichten vor Maskelynes Show [britischer Zauberkünstler] beobachten konnte, nachdem ich mich dazu hatte überreden lassen, sie zu mitzunehmen.

Sie schienen mit der Kellnerin sehr vertraut zu sein, und der bloße Anblick des Dieners versetzte sie in unterdrückte Lachanfälle.

Er selbst, der mit der Serviette über dem Arm an der Anrichte stand, trug zu ihrer Heiterkeit bei, indem er ihnen in regelmäßigen Abständen heftig zuzwinkerte.

Als ich zu ihm hinsah, ging er zu unserem Tisch hinüber.

»Alles in Ordnung, oder?«, sagte er und ließ seinen Blick über den gedeckten Tisch schweifen.

»Alles – außer, dass wir bis jetzt noch nichts gegessen haben«, antwortete ich.

»Das ist wegen der Suppe«, sagte er und lehnte sich vertraulich an mein Ohr.

»Die Katze ist hineingefallen, und sie versuchen gerade all die Haare von ihrem Fell herauszuholen.«

»Wollen Sie etwas trinken, während Sie warten? Nein! Na gut, alter Knabe. Ich wage zu behaupten, dass Sie am besten wissen, wann Sie genug haben.«

»Haltet die Klappe!«, schnauzte er die Kinder am Nebentisch mit heiserer Stimme an. »Seht ihr nicht, dass ihr den alten Knaben da drüber ärgert?«

Das brachte sie nur noch mehr zum Kichern.

»Sie sind doch sicher noch viel zu jung, um hier allein zu übernachten«, sagte Tony mit einem Anflug ihrer naturgegebenen Neugier.

»Ein sehr trauriger Fall, Madame«, antworteten der Diener. »Wir haben sie hier gefunden, als wir kamen. Sie wissen schon – eingewickelt in eine Decke auf der Türschwelle. Na ja, vielleicht nicht ganz so, aber Sie werden das wohl verstehen. Sie sind sozusagen die Wächter des Hotels.«

Er wurde unterbrochen, als die Kellnerin mit der Suppe kam. Sie warf ihm einen starren Blick und ein Kopfschütteln zu, und er verschwand in der Küche, um mit mehr Suppe zurückzukehren.

Endlich konnten wir mit dem Essen beginnen. Die Suppe war gut, trotz der Geschichte mit der Katze. Sie war wirklich 'mulligatawny'. Daran gab es keinen Zweifel.

Das alte Ehepaar war nicht ganz so zufrieden.

Sie nippten ein wenig, berieten sich flüsternd und winkten dem Diener zu.

»Herr Ober, warum nennen Sie das Rindertee?«, fragte der alte Herr.

»Damit können Sie mich nicht in Verlegenheit bringen, alter Junge«, erwiderte der Diener fröhlich.

»Das kommt vom lateinischen Wort Rind, Rind und Tee, Tee – Rindertee. Man nehme einen Löffel Tee und ein Stückchen Rindfleisch, schüttle es gut zusammen, koche es sanft, bis es fertig ist, und serviere es mit einem Schinkenbraten.«

Das Gesicht des alten Herrn leuchtete purpurrot hinter seinem weißen Bart. Die Kellnerin verließ eilig unseren Tisch, schickte den Diener hastig aus dem Zimmer und ging zu dem alten Paar hinüber.

Ich konnte nicht alles hören, was sie sagte, aber ich verstand, dass der Diener zu leichten Wahnvorstellungen neigen würde, die aber völlig harmlos waren. Der Rindertee sei das

Beste, was man so kurzfristig zubereiten konnte, und so weiter.

Der Höhepunkt des Essens war der Hauptgang. Es handelte sich um Roastbeef und Yorkshire-Pudding, hervorragend zubereitet und, soweit es uns betraf, effizient serviert.

Der unbezähmbare Diener hatte sich jedoch inzwischen wieder in den Dienst begeben.

Ich sah, wie er Teller zum Tisch der alten Leute trug, auf denen sich eine blasse Masse befand, von der ich zu Recht annahm, dass es sich dabei um das von dem alten Herrn bereits auf der Speisekarte entdeckte 'Geminztes Hühnchen mit Reis' handelte.

Das Ehepaar beäugte es misstrauisch, während der Diener in der Nähe blieb und offenbar auf die Glückwünsche wartete, die dem Verzehr des Gerichts folgen sollten.

»John, es ist Rindfleisch!«, schrie die alte Dame, die aufstand und stotterte.

»Verdammt, so ist es!«, bestätigte ihr Mann nach einem bloßen Bissen.

»Hallo, du Schurke, Giftmischer, Mörder –
schick sofort den Manager her«, schrie er den
Diener an.

Er fuchtelte wütend mit seiner Serviette
herum, und der Diener warf ihm einen
neugierigen Blick zu.

Er versuchte es, der Verzweiflung nahe,
weiter: »Wollen Sie es nicht noch einmal
versuchen?«

»Zum Teufel, bleiben Sie sportlich, es sieht
doch aus wie gehacktes Hühnchen, und es ist
gehackt. Ich habe es selbst zerhackt.«

»Versuchen Sie es noch einmal. Sie werden
es mit der Zeit für Hühnchen halten, wenn
Sie durchhalten.«

»Es ist der erste Schritt, der zählt, wissen
Sie. Früher konnte ich das sogar auf
Französisch sagen, aber – «

Er kam nicht weiter, weil der alte Herr sich
vor Wut nicht mehr beherrschen konnte.

»Holen Sie den Manager, und wagen Sie es
nicht, noch ein Wort zu sagen, verdammt!«,
rief er.

Wenige Augenblicke später trat unser Freund Mr Gunthorpe ein. Seine Augen leuchteten, und ein zufriedenes Lächeln lag auf seinen Lippen.

»Guten Abend, Sir«, begann er freundlich. »Ich glaube, Sie haben nach mir geschickt. Ich hoffe, alles ist nach Ihrem Geschmack?«

»Nichts ist dergleichen, Sir«, erwiderte der alte Herr. »Sie haben einen groben Betrug an uns versucht, Sir. Ich finde auf der Speisekarte Hühnchen, und das ist nicht mehr und nicht weniger als gehacktes Rindfleisch. Und 'gepfeffert' soll es sein – peptonisiert, zum Teufel, Sir! Es ist nicht mehr peptonisiert als mein Hut!«

»Nun, Sir, zu Ihrem Hut kann ich nichts sagen, aber – «

»Das ist eine Unverschämtheit, Sir. Ich bestehe darauf, dass diese Sauerei weggenommen und uns etwas Angemessenes vorgesetzt wird. Meine Frau hat im September seit vierzehn Jahren ein Zwölffingerdarmgeschwür, und – «

»Zum Teufel mit dem verfluchten Zwölffingerdarmgeschwür! Wenn dies nicht sein Geburtstag ist, warum sollte es dann ein strahlendes Bankett bekommen? Soll es doch das Essen zusammen mit uns anderen auf Glück versuchen.«

Ein plötzlicher Ausbruch von unkontrolliertem Gelächter ließ mich scharf umdrehen, um festzustellen, dass die Zurückhaltung von unserer kühlen Kellnerin gefallen war, die vergeblich versuchte, ihr Lachen in ihrer Serviette zu unterdrücken.

»Oh, Bill!«, rief sie, »jetzt hast du es geschafft. Das Spiel ist aus.«

Die alte Dame und der alte Herr standen in empörter Würde auf und wollten den Raum verlassen, als eine sympathische Dame mit Hut und Mantel den Raum betrat.

Für einige Augenblicke vorher war ich mir halb bewusst gewesen, dass vor der Hoteltür ein Motor lief.

»Oh, Mr. Gunthorpe, was für ein Glück!«, rief die neu Angekommene. »Ich habe eine ganze Belegschaft zusammengetrommelt und sie alle aus Dolgelly mitgebracht, sehen Sie.«

»Gott sei Dank!«, rief der Wirt aus. »Sobald ihre neue Bardame ihre Arbeit getan hat, werden wir alle auf ihr Wohl trinken.«

»Ich hoffe aber, Sie werden nicht verärgert sein, Miss Jones, denn ich fürchte, ich fürchte sehr, dass Sie im Morgengrauen oder kurz danach ein paar mögliche Kunden verlieren werden. Hier sind sie. Vielleicht können Sie sie noch besänftigen. Ich kann es nicht.«

Miss Jones wandte sich mit einem entwaffnenden und versöhnlichen Lächeln an das alte Ehepaar, das darauf wartete, dass der Weg freigemacht wurde:

»Ich hoffe, Sie werden nachsichtig sein«, sagte sie mit walisischem Tonfall. »Ich bin die Managerin, und es ist alles in Butter, sehen Sie. Heute Morgen hatte ich Probleme mit dem Personal, und nur um mich zu ärgern, sind sie alle zusammen abgehauen.

Ich musste das Hotel verlassen, um zu sehen, was ich in Dolgelly als Ersatz finden konnte. Mr Gunthorpe und die anderen Gäste im Hotel haben mir freundlicherweise angeboten, sich um die Dinge zu kümmern, während ich weg bin, und ich bin sicher, dass sie ihr Bestes getan haben.«

»Sie haben ihr Bestes getan, um uns zu vergiften«, knurrte der alte Herr. »Meine Frau hat ein Zwölf – «

»Das ist schon in Ordnung«, unterbrach ihn Mr Gunthorpe. »Miss Jones ist eine Expertin in diesen Dingen. Sie wird es richtig anpacken, glauben Sie mir. Geben Sie ihr eine Chance, und machen Sie sie nicht für unsere Unzulänglichkeiten verantwortlich.«

Zu diesem Zeitpunkt hatte das gesamte andere Scheinpersonal die Bühne eingenommen – die Kellnerin, der Diener, das Zimmermädchen und eine nette Dame von matronenhafter Erscheinung, die aus der Küche kam und die, wie ich erfuhr, Mrs Gunthorpe und die Mutter der beiden Kinder war, von denen man uns eine so erschütternde Geschichte erzählt hatte.

»Und stell dir vor, mein Lieber«, sagte Tony und lächelte mich über den Tisch hinweg an. »Der Diener und das Zimmermädchen sind auf Hochzeitsreise. Er ist ein Journalist.«

»Woher weißt du das alles?«, fragte ich misstrauisch.

»Ich habe dem Zimmermädchen die ganze Sache gleich am Anfang entlockt«, sagte Tony. »Ich habe es dir nicht gesagt, weil ich dachte, dass es so mehr Spaß machen würde.«

Miss Jones gelang es, das alte Ehepaar irgendwie zu besänftigen – hauptsächlich, glaube ich, durch das Versprechen einer neuen Führung – und wir ließen sie in der Kaffeestube mit fast schon wieder fröhlichem Gesicht zurück.

»Kommen Sie mit. Setzen Sie sich zu uns«, rief Mr Gunthorpe, der zu uns herübersah.

»Kommen Sie und feiern Sie das Ende dieses Missmanagements im Bat and Belfry Inn«, fügte er hinzu und hielt ein funkelndes Glas hoch.

Das alles endete damit, dass Tony und ich in die Feier hineingezogen wurden, und diese wurde zu einer ziemlich langen und späten Sitzung.

Tony und ich verweilten noch über eine Woche im Bat and Belfry Inn.

Seltsamerweise schien auch das Zwölffingerdarm-Paar zufrieden zu sein, denn wir konnten sie in der Tat dort zurücklassen, um nach Herzenslust zu speisen.

Die Lüge

Die Stunden waren mit jener wundersamen Schnelligkeit vergangen, wie das Wasser, das auf dem Fluss dahineilt, und der Mond leuchtete nun als prächtige gelbe Laterne am grauroten Himmel.

Der Kahn war am unteren Ende von Glover's Island auf der Middlesex-Seite vertäut und hob und senkte sich sanft mit der ablaufenden Flut.

Ein Mädchen lag mitten in den Kissen, die Hände hinter dem Kopf, und blickte durch das verdeckende Laubgeflecht zum sanften Mondlicht hinauf.

Schon am grellen Tag war sie hübsch, aber in diesem bezaubernden Halbdunkel war sie ungemein schön.

Der Hauch von Stärke um ihren Mund zeigte sich dagegen vielleicht nicht ganz so deutlich. Ihr Haar hatte die Farbe von Haferstroh im Herbst, und ihre tiefblauen Augen leuchteten dunkel in der hereinbrechenden Nacht.

Doch trotz ihrer Schönheit war das Gesicht des Mannes von ihr abgewandt. Er blickte über das sanft fließende Wasser, besorgt und nachdenklich. Es war ein gut aussehendes Gesicht, aber nicht so stark wie das des Mädchens, trotz ihrer Schönheit, und viel weniger vital.

Zehn Minuten zuvor hatte er ihr einen Antrag gemacht und war abgewiesen worden. Es war nicht das erste Mal, aber er war dieses Mal sehr viel hoffnungsvoller gewesen als bei den anderen Gelegenheiten.

Die Luft war an diesem Abend sanft und von einer umarmenden Wärme. Gemeinsam hatten sie beobachtet, wie sich die Schatten über den alten Fluss schoben. Und es war immer noch Frühling, was etwas Besonderes ist. Es liegt etwas in der Jugend dieser Jahreszeit – der Saft steigt in den Pflanzen auf – und es gibt etwas, das über die Sentimentalität der Dichter hinausgeht, und über ihnen leuchtete die große gelbe Laterne, die sie durch die Äste mit ironischer Zustimmung anstrahlte.

Aber trotz allem hatte sie den Kopf geschüttelt, und alles, was er erhielt, war die verrückte Zusicherung, dass sie ihn 'mochte'.

»Ich werde niemals heiraten«, hatte sie verkündet. »Niemals. Du weißt, warum.«

»Ja, ich weiß«, sagte der Mann kleinlaut. »Es ist wegen Carruthers.'

Und so blickte er launisch, fast wild, auf das Wasser hinaus, als ihn die Versuchung überkam. Sein Vorhaben hätte ihn nicht so sehr gestört, wenn Carruthers noch am Leben gewesen wäre, aber er war tot und schlief in dem jetzt stillen Hügel, wo ein kleines Kreuz sein Bett markiert.

Lebendig hätte man sich gegen ihn wehren können, verzweifelt wehren können, obwohl Carruthers immer ein ziemlich guter Konkurrent gewesen war. Aber jetzt schien es hoffnungslos – ein Mann kann nicht gegen eine Erinnerung ankämpfen. Es war nicht fair – so waren jetzt die Gedanken des Mannes.

Auch er hatte Carruthers' Risiken geteilt, obwohl er vom Krieg zurückgekommen war. Diese beharrliche und ausschließliche Hingabe an einen Mann, der niemals zu ihr zurückkehren würde, war krankhaft. Plötzlich war sein Entschluss gefasst.

»Olive«, sagte er.

»Ja«, erwiderte sie leise.

»Was ich dir jetzt sage, tue ich um unser beider willen. Du wirst mich wahrscheinlich für einen Schuft halten, aber ich gehe das Risiko ein.«

Er setzte sich auf, sah ihr aber nicht in die Augen.

»Wovon in aller Welt sprichst du?«, fragte sie.

»Du weißt, dass – abgesehen von der Bezioehung zu dir – Carruthers und ich befreundet waren?«

»Ja«, sagte sie verwundert.

Doch plötzlich brach sie gereizt aus. »Was willst du damit sagen?«

»Er war nicht besser als andere Männer«, antwortete er unverblümt. »Es ist falsch, dass du dein Leben einer Erinnerung opferst, es ist falsch, dass du ein Idol mit verborgenen Schwächen anbetest.«

»Ich verabscheue Sinnbilder«, sagte sie kalt. »Würdest du mir genau sagen, was du mit 'verborgenen Schwächen' meinst?«

Der Ton in ihrer Stimme war dem Mann an ihrer Seite nicht entgangen. »Ich sage es dir nicht gerne – unter anderen Umständen würde ich es gar nicht tun. Aber ich tue es um unser beider willen.«

»Dann tu es trotzdem, um Himmels willen!«

»Ich habe zufällig im Gordon Hotel in Brighton davon gehört. Er wohnte dort, während er mit dir verlobt war, mit einer Dame, die er als Mrs Carruthers ausgab. Es war während seines letzten Urlaubs.«

»Warum erzählst du mir das?«, fragte sie nach einem kurzen Schweigen: Ihre Stimme war leise und ein wenig heiser.

»Nun, meine Liebe, du musst es erkennen. Er war nicht besser als andere Männer. Das Ideal, das du heraufbeschworen hast, ist kein Ideal. Er war ein tapferer Soldat, ein verdammt tapferer Soldat, und – bis wir uns beide in dich verliebten – mein Freund. Aber es ist nicht fair, dass dich die Erinnerung an ihn vereinnahmt. Es ist – es ist unnatürlich.«

»Ich nehme an, du denkst, ich sollte jetzt entrüstet sein?« In ihrer Stimme war keinerlei Emotion zu hören.

»Ich will nur, dass du siehst, dass dein Idol auf tönernen Füßen steht«, sagte er mit der Sturheit eines Mannes, der bereits erkennt, dass er verlieren wird.

»Was hat das damit mit uns zu tun? Du weißt, dass ich ihn geliebt habe«, sagte sie.

»Andere Mädchen haben auch geliebt … «, entgegnete er bitter.

»… und vergessen?«, unterbrach sie ihn. »Ja, ich weiß, aber ich vergesse nicht, das ist alles.«

»Aber jetzt, nachdem was ich dir gesagt habe. Sicherlich – «

»Hör zu, das habe ich schon gewusst«, sagte sie, noch leiser als zuvor.

»Du wusstest es?«

»Ja. *Ich* war es, die bei ihm war. Es war sein letzter Urlaub«, fügte sie nachdenklich hinzu.

Ihre inne Aufruhr konnte und sollte er nicht bemerken, und nur das leise Rauschen des Wassers und der schwermütige Wind in den Bäumen über ihnen durchbrach die Stille.

Das Richtige tun

Das Mädchen stand still in der Tür ihrer Hütte und blickte in die glänzende, frostige Nacht hinaus. Über dem 'Sugar Loaf', dem Berg vor ihr, schien der kalte, glitzernde Mond in voller Größe. Die große Tanne auf dem Gipfel hob sich kahl und schwarz gegen das leuchtende Blau des Sternenhimmels dahinter ab, wie ein riesiger Wächter, der das stille Tal beschützt.

Unterhalb von ihr, am Fuße des kleinen Passes, zeichnete sich deutlich der gewundene Pfad mit den daneben stehenden Masten der einkabeligen Telefonleitung im Mondlicht ab.

Oben auf dem Berg begann ein Wolf zu heulen. Das Mädchen kehrte schnell in die Hütte zurück und schloss die Tür hinter sich.

Das Abendessen, das sie vorbereitet hatte, war fast fertig. Der kleine Brettertisch in der Nähe des Kamins war für eine Person gedeckt; drüben in einer Ecke duftete es nach dampfendem Kaffee auf einem großen, mit Holz befeuerten Ofen.

Das Mädchen stellte eine Petroleumlampe auf den Tisch und bediente sich mit einem Teller voll aus der Bratpfanne.

Einmal blieb sie stehen und lauschte, aber nur das dumpfe Rauschen des Baches und das Heulen des einsamen Wolfes durchbrachen die Stille.

Einen kurzen Augenblick lang ruhte ihr Blick auf dem Telefonapparat, der neben dem Kamin an der Wand befestigt war, dann setzte sie sich wie beruhigt hin und begann ihr einsames Mahl.

Ein Klopfen an der Tür ließ sie aufspringen und einen Moment lang zitternd stehen bleiben. Sie steckte die Hand in die Tasche ihrer karierten Schürze und griff mit den Fingern nach dem kleinen Revolver, der sich dort befand.

Das Klopfen wurde wiederholt, woraufhin das Mädchen die Hand zurückzog und den Revolver wegsteckte. Mit einem zittrigen Lächeln, das ihre Angst zu verringern schien, durchquerte sie rasch das Zimmer und stieß die Tür auf.

Ein barhäuptiger Mann stand auf der Schwelle, ein schlanker junger Mann in einem kurzen, schweren Mantel, einem blauen Flanellhemd, Cordhosen und ordentlichen, aber unpassenden Gamaschen.

Er stand schwankend da und stützte sich mit einer Hand am Türrahmen ab, sein ganzes Gewicht lastete auf einem Fuß, während die Zehen des anderen gerade den Boden berührten.

»Du!«, rief das Mädchen.

Ihr Tonfall zeigte Erstaunen, aber er war auch zärtlich und voller Liebe. Als sie dann die Blässe seines Gesichts im Schein der Lampe sah und auch seine Lippen, die zu einer dünnen, geraden Linie des Schmerzes zusammengepresst waren, erhob sie erneut ihre Stimme:

»Tom, du bist verletzt?«

Ihre Arme legten sich um ihn, und schwer auf sie gestützt, humpelte er durch den Raum. Der Schmerz ließ ihn stöhnen. Er sank in den Stuhl zurück und schloss die Augen.

Das Mädchen kniete sich neben ihn auf den Boden und begann vorsichtig damit, eine seiner Gamaschen aufzuschnüren.

Nach einem Moment schien er sich ein wenig zu erholen. Er setzte sich auf und wischte sich mit dem Ärmel seines Mantels den Schweiß der Schwäche von der Stirn.

»Ich weiß, ich hätte nicht anhalten sollen, Beth, aber ich wusste, dass du heute Abend allein bist.«

Für einen Augenblick wichen die schmerzhaften Züge aus seinem Gesicht, und seine Augen blickten zärtlich in die des Mädchens.

Beth blickte zu ihm auf und strich sich eine Haarsträhne zurück, die ihr nach vorne über die Augen gefallen war. Dass er hierher gekommen war, machte ihr Angst. Aber sie war froh, dass er gekommen war, und der Anblick seines blassen Gesichts mit dem Ausdruck des Schmerzes ließ ihre Augen mit Tränen der Liebe und des Mitgefühls füllen.

»Was ist passiert, Tom?«, fragte sie.

Der junge Mann sammelte sich wieder.

»Ich hätte nicht angehalten, ehrlich, Beth – nur – mein Pferd hat mich abgeworfen – eine Meile zurück in Richtung Rocky Gulch.«

Er zuckte zusammen, als das Mädchen die Gamasche zurückzog und damit begann, seinen Schuh aufzuschnüren.

»Nur verstaucht, denke ich«, fügte er hinzu. »Aber es tut höllisch weh – und ich habe einen Bluterguss von dem Sturz.«

Er lachte ein wenig, als wolle es sich dafür zu entschuldigen, dass er seine Schmerzen einem Mädchen gezeigt hatte.

»Das war vor etwa einer Stunde. Ich wollte nicht anhalten – ich wollte heute Abend noch nach Vailstown kommen. Das Pferd scheute vor etwas, sprang hoch, warf mich ab und ließ mich liegen. Ich weiß nicht, ich bin wohl ein schlechter Reiter.«

Er grinste verlegen.

Er war zu ihr gekommen! Natürlich war das alles, was er in diesem Moment tun konnte, ohne Pferd und mit einem verstauchten Knöchel, nachts auf der Straße nach Vailstown.

Bei dem Gedanken, ihn hier bei sich zu haben, wenn er verletzt war und ihre Hilfe brauchte, wurde das Herz des Mädchens sehr liebevoll und zart.

»Ich bin schon seit einer Stunde unterwegs«, fuhr er leise fort.

Er strich ihr leicht mit den Fingern über das Haar und lächelte. »Und jetzt bin ich hier, Beth, ich bin irgendwie froh, dass der Unfall passiert ist.«

Sie antwortete nicht, sondern zog ihm den Schuh und die schwere Wollsocke aus; sein Knöchel war rot und geschwollen. Sie hob seinen Fuß auf eine niedrige Holzbank, und er sah ihr schweigend zu, während sie einen Eimer mit heißem Wasser füllte. Dann bemerkte er das Essen auf dem Tisch.

»Iss auf, Beth«, sagte er. »Das hier kann warten – es tut nicht sehr weh, wenn ich mich nicht bewege.«

Wieder antwortete sie nicht, sondern hielt seinen Fuß und Knöchel einen Moment im Wasser, wickelte ihn dann in einen improvisierten Verband und zog ihm die Socke wieder an.

Sie war sehr zärtlich und sanft. Einmal machte der junge Mann Anstalten, sie zu küssen, aber sie zog sich zurück, ohne ihm das zu verübeln. Verwunderung stand in seinen Augen, als er ihre schnellen, geschickten Bewegungen verfolgte.

»Warum sagst du nichts, Beth?«, fragte er nach einem Moment. »Was ist denn mit dir los?«

»Du kannst jetzt mit mir essen«, sagte sie.

Nachdem sie es ihm so bequem wie möglich gemacht hatte, kehrte sie an den Herd zurück.

Er nahm den Teller mit dem Essen, den sie ihm reichte.

»Ich weiß, dass ich nicht hätte vorbeikommen sollen, Beth, aber ich konnte nichts anderes tun, oder?«

»Woher wusstest du, dass ich allein bin?«

Sie wusste, was er antworten würde, und es machte ihr Angst.

»Ich habe deinen Stiefvater heute Nachmittag in Rocky Gulch gesehen – nein, warte, hör zu, Beth – ich würde es dir doch sagen, wenn etwas passiert wäre, oder nicht?«

Er fuhr ungestüm fort, als wolle er ihre aufsteigende Angst zerstreuen.

»Er war betrunken, Beth, und er ist auch ein zu alter Mann ...«

»Schau sie dir an« – er ballte seine Faust, und die Muskeln seines entblößten Unterarms stellten sich zu Knoten auf – »ich hätte ihm den Hals umdrehen können für das, was er über mich und dich gesagt hat. Aber ich habe versprochen, dass ich keine Hand gegen ihn erhebe, und das habe ich auch nicht getan, egal, was er gesagt hat.«

»Ich wollte nicht mit ihm zusammentreffen – und als er dann das alles sagte, da habe ich einfach zugehört und bin dann abgehauen, das ist alles.«

Der junge Mann schob sein Essen unberührt von sich und schaute über den Tisch, um Beths erschrockenen Augen zu begegnen.

»Mach dir keine Sorgen, Kleines«, fügte er beruhigend hinzu, »ich werde ihm nichts tun, und er kann mir nichts tun – außer mit seiner Pistole.«

Das Mädchen erschauderte, und er beeilte sich, hinzuzufügen:

»Das würde er nicht tun, Beth. Das glaubst du doch im Traum nicht! Selbst wenn er betrunken ist, würde er das nicht tun – er ist ein zu großer Feigling – er weiß, dass er es nicht machen würde.«

»Er hat gesagt, er würde es tun, Tom.«

»Er sagte, er würde es tun, wenn ich wieder hierherkomme. Ich bin doch bisher weggeblieben, oder?«

Es war jetzt einen Monat her, dass Tom von ihrem Stiefvater betrunken und in Wut aus dem Haus verwiesen wurde und er gedroht hatte, ihn zu erschießen, wenn er jemals wieder dorthin käme.

Aber trotzdem musste er heute Abend kommen, so wie die Dinge lagen. Und ihr Stiefvater war verreist – das erste Mal seit Monaten – und er musste nicht erfahren, dass er hier war.

»Er kommt erst morgen zurück – dann bist du schon weg«, sagte Beth und drückte das aus, was ihr durch den Kopf ging.

Ihre Worte schienen den jungen Burschen in plötzliche Wut zu versetzen.

»Warum sollte er mir verbieten, dich zu sehen?«, fuhr er verärgert fort. »Ich liebe dich, Beth, und du liebst mich. Und ich will dich heiraten!«

Sein Tonfall änderte sich abrupt. »Du liebst mich doch, Beth?«

Er streckte einladend die Arme aus, und als Antwort erhob sich das Mädchen schweigend und küsste ihn. »Das weißt du doch, Tom«, sagte sie nur.

»Warum muss ich mich dann wegschleichen wie ein Dieb? Nur weil wir uns lieben, was hat er denn gegen mich?«

»Du weißt, warum er es gesagt hat, Tom.«

Sie durchquerte wieder das Zimmer, um sich um den Herd zu kümmern.

»Weil ich kein Geld habe. Ich weiß – das ist es, was er gesagt hat. Aber ich habe genug davon, um dich genauso gut zu versorgen, wie er – und besser.«

Er blickte sich verächtlich in der Hütte um. »Du weißt, dass das nicht der Grund ist. Es wäre sowieso immer das Gleiche – es sei denn, ich hätte ein großes Vermögen und würde ihm etwas davon abgeben.«

Beth zuckte zusammen. Es tat irgendwie weh, dass er solche Dinge sagte, aber sie wusste, dass es die Wahrheit ist. Und sie wusste auch, wie er sich fühlte, wie sehr er sich darüber ärgerte, wie er behandelt worden war.

»Außerdem, warum sollte ich dich nicht heiraten?«, fuhr der Junge fort. »Ich komme aus dem Osten, genau wie du.«

Ich war auf dem College – meine Familie ist genauso gut wie deine – trotz seines betrunkenen Geredes – weit besser als seine, wenn du mich fragst.«

»Er will dir im Osten einen reichen Ehemann besorgen, wenn er hier draußen keinen Claim erwischt der gutes Geld abwirft. Und ich passe nicht in diesen Plan. Das ist das Problem, und das weißt du auch.«

Beth stellte die Kaffeetassen auf den Tisch und setzte sich ihm gegenüber wieder hin.

»So darfst du nicht reden, Tom«, ermahnte sie ihn. »Das darfst du einfach nicht. Ich werde nicht zuhören. Das habe ich dir schon einmal gesagt. Ich kann mir so etwas nicht anhören.«

»Warum wolltest du heute Abend nach Vailstown fahren?«, fuhr sie fort.

Er ignorierte ihre Frage. »Ich habe Recht, und das weißt du auch. Ich liebe dich, und ich würde dich glücklich machen. Er ist das Einzige, was mir im Weg steht. Wenn es um dein Glück geht, wäre er tot besser dran, und ich wünschte, er wäre es. Ich weiß, es ist gemein, so etwas zu sagen, aber es ist so.«

»Sieh dir das an«, sagte er, als er sich plötzlich vorbeugte. Er packte sie an den Schultern und und zog sie zu sich heran.

»Dein Hals ist voller schwarzer und blauer Flecken. Du denkst, ich bemerke so etwas nicht, oder? Ich weiß, wie er dich behandelt, wenn er sturzbetrunken ist – und ich bin der Einzige, der das weiß. Und ich kann nichts dagegen tun, weil du mich nicht lässt.«

»Tom – ich – «

»Und weil er dein Stiefvater ist, lässt du nicht zu, dass jemand ein Wort gegen ihn sagt. Aber du weißt, dass er weder für sich noch für andere gut ist. Es wäre besser für ihn, wenn er tot wäre, und das weißt du.«

»Irgendwann wird ihn auch jemand erwischen – so wie er sich da unten in der Schlucht benimmt, wenn er betrunken ist – du wirst schon sehen.«

»Eines Tages wird man ihn in einem Abflusskanal oder so finden, wo ihn jemand hineingestoßen hat.«

»Er hat nicht einen einzigen anständigen Freund auf der Welt – nur die Penner sind gut genug für ihn und dieser verdammte einäugige Charlie, mit dem er sich herumtreibt.«

Beth seufzte verzweifelt.

»Eines Tages werden sie ihn dort unten tot auffinden«, fuhr der Junge fort. »Charlie wird es tun, vielleicht – er ist sowieso eine Klapperschlange.«

»Und wenn er so mit mir redet wie heute, und ich sehe, dass dein Hals so schrecklich zerschunden ist durch seine Gewalt, dann habe ich manchmal das Gefühl, dass ich es selbst tun könnte – wenn ich eine gute Chance hätte.«

Seine Worte schockierten sie. Vielleicht umso mehr, weil ein kleiner flüsternder Teufel in ihr sagte, dass es so besser wäre – besser für sie alle drei.

Sie stand abrupt auf, beugte sich hinunter, legte ihre Hände auf die Schultern des jungen Mannes und sah ihm direkt ins Gesicht.

»Tom, das hast du nicht so gemeint«, sagte sie ruhig.

Sein Blick wich ihrem aus, und sie spürte, wie ihr Herz vor plötzlicher Angst schlug.

»Ich habe jedenfalls das Gefühl, dass ich es könnte«, antwortete er mürrisch. »Und du würdest es nicht bereuen – tief in deinem Herzen.«

»Tom, so kannst du nicht reden. Ich werde nicht zuhören. Verstehst du nicht – ich will nicht zuhören.«

Sie zog ihren Stuhl dicht an ihn heran. Er legte seinen Arm um ihre Schultern und zog sie leidenschaftlich zu sich.

»Tom, warum wolltest du heute Abend nach Vailstown fahren?«, fragte sie erneut, als er sie losgelassen hatte.

»Ich – ich – «. Er schien eine plötzliche Entscheidung zu treffen. »Ich wollte es dir nicht sagen, Beth, bis ich mir sicher war.«

Klar und unbewegt begegnete er ihrem forschenden Blick. »Ich glaube, ich bin fündig geworden, Beth – drüben am Cedar Creek.

Es sieht gut aus – die Pfannen sind reicher gefüllt als alles in der Umgebung der Schlucht. Ich wollte es heute Abend in Vailstown registrieren lassen. Wenn dann alles in Ordnung ist, hätte ich dich angerufen.«

Sein Gesicht war jetzt errötet und begierig und sehr jungenhaft. Sie beugte sich vor und küsste ihn.

»Ich bin so froh. Tom. Endlich – du hast es verdient. Du hast hart gearbeitet.«

»Ich glaube, ich habe es geschafft, Beth – ich habe es für dich geschafft, genau wie ich es versprochen habe.«

Beth erhob sich und ging zum Fenster. »Es bewölkt sich«, sagte sie. »Morgen früh werden wir Schnee haben.«

Sie kam zum Kamin zurück und lächelte, als sie seinen bandagierten Knöchel betrachtete.

»Du wirst heute Nacht hierbleiben müssen. Morgen früh gehe ich zu Simpson's – es sind nur drei Meilen um den 'Sugar Loaf' herum – und besorge dir ein Pferd. Dann kannst du es bis nach Vailstown schaffen.«

Ein schwaches, fernes Geräusch draußen ließ sie einander plötzlich erschrocken ansehen.

Sie lauschten. Es wurde lauter – ein Pferd, das im Galopp den Weg aus Rocky Gulch entlang ritt. Beth dachte an ihren Stiefvater, der vielleicht unerwartet zurückkehrte, um Tom hier bei ihr zu finden.

In der Stille konnte sie wieder das einsame Heulen des Wolfes auf dem 'Sugar Loaf' hören – ein unermesslich trauriges Geräusch, ganz wie die trostlosen, stillen Berge selbst.

Sie erhob sich zitternd auf die Füße. Das Geräusch des sich nähernden Reiters wurde immer lauter. Dann fiel ihr Blick auf die kleine Zinnuhr über dem Kamin. Sie lächelte mit der Erleichterung eines plötzlichen Verstehens.

»Neun Uhr, Tom. Das hatte ich vergessen. Das ist nur der Postreiter nach Vailstown.«

Sie ging zum Fenster. »Es schneit, Tom«, fügte sie hinzu.

Tom saß angespannt in seinem Stuhl. Sie fragte sich etwas unsicher, warum er über ihre Worte nicht erleichtert schien.

»Es ist die Post«, rief sie nach einem Moment. Sie öffnete die Tür einen Spalt und schaute hinaus.

Der junge Mann sprang von seinem Stuhl auf und stellte sich auf seinen verletzten Knöchel, ohne daran zu denken. »Er könnte anhalten, Beth. Er darf mich hier nicht sehen. Es würde nicht gut aussehen, verstehst du nicht – es – «

Sie drehte sich scharf zu ihm um. »Er wird nicht anhalten«, sagte sie. Dann riss sie die Tür weit auf, trat hinaus und winkte dem Reiter, der unten auf dem Pfad vorbeikam.

»Setz dich hin, Tom.«

Sie kam zurück ins Zimmer und schloss die Tür. »Du darfst dich nicht auf den Knöchel stellen.«

Er sank zurück in den Stuhl, sein Gesicht war weiß. »Gott!«, rief er aus, »ich sollte heute Nacht nicht allein mit dir hier oben sein, nachdem – nachdem, was – «

Beth setzte sich wieder neben ihn. Die Gedanken, die ihr durch den Kopf gingen, machten ihr Angst. Sie versuchte, sie zu verdrängen, aber es gelang ihr nicht. Sie legte ihre Hand auf seinen Arm.

»Ich bin froh, dass du es geschafft hast, Tom«, sagte sie. »Ich wusste, dass du es schaffst. Und irgendwann – «

»Ich werde dich zu meiner Frau machen«, endete er, »und dich vielleicht in den Osten zurückbringen, wo du hingehörst.«

Plötzlich schlang er wieder seine Arme um sie und küsste sie fest auf die Lippen. »Es ist das Richtige – das Richtige, Beth«, wiederholte er etwas verbittert die Worte.

Sie löste sich sanft von ihm.

»Du sagst 'das Richtige', Tom«, erwiderte sie leise, »und du bist dabei zynisch. Ich habe das manchmal selbst zu dir gesagt – und – du hast es nie ganz verstanden, oder?«

»Aber warum solltest du mich nicht heiraten, wenn wir uns lieben?«, protestierte er erneut.

Er hatte es natürlich nie verstanden, doch hatte er nicht das Recht, es zu verstehen?

»Ich werde dir sagen, was ich gemeint habe, Tom – was du nie verstanden hast – nie realisiert hast.«

Ihr Gesicht war sehr ernst, sehr ernst.

»Du sagst, mein Stiefvater ist – ist nicht gut. Nun, du hast recht. Er ist nicht gut, wie die Welt diese Dinge beurteilt – und vielleicht auch, wie Gott sie beurteilt. Aber er ist der Mann, den meine Mutter geliebt hat – das ist nicht zu leugnen, Tom – sie hat ihn geliebt, und sie ist in Liebe zu ihm gestorben, und mit dem Flüstern auf den Lippen, dass ich ihm helfen und für ihn sorgen soll, solange er lebt.«

Sie lachte – ein seltsames kleines Lachen, das ihr im Hals stecken zu bleiben schien.

»Das habe ich dir nie erzählt, nicht wahr, Tom? Ich war damals erst vierzehn, aber an diesem Tag, als ich mit Mutter sprach, dachte ich über mein Glaubensbekenntnis nach – meine Religion – immer das Richtige zu tun.«

»Tom – das ist es – das ist alles, was es zu tun gibt. Nicht das, was mir im Moment am besten erscheint oder sogar richtig für mich ist, sondern das Richtige – das Richtige in den Augen Gottes.«

Ihr zartes kleines Gesicht wurde wehmütig bei den Erinnerungen, welche die Worte hervorriefen.

So hatte sie noch nie zuvor mit Tom gesprochen – oder mit irgendjemandem. Erst jetzt, als sie es in Worte fasste, wurde ihr bewusst, wie viel ihr dieses einfache Glaubensbekenntnis bedeutete – wie unbewusst sie es als ihren Leitstern durch all die tristen, traurigen Jahre nach dem Tod ihrer Mutter benutzt hatte.

Sie war unglücklich gewesen, das wusste sie; und doch auch nicht so unglücklich, denn Glück kam mit dem Wissen, das Richtige zu tun.

Und dann war Tom gekommen – Tom mit seiner Liebe, welche die ihre erweckt hatte, mit der Erfüllung all ihrer mädchenhaften Träume, die sie sich davon versprach.

Es war schwer für Tom – schwer auch für sie, als das Richtige sie nun dazu brachte, die Liebe zu verleugnen. Und doch hatte sie weiter vertraut – gehofft, blind gehofft – und einfach darauf gewartet, dass Gott es auf seine Weise machen würde – auf jene Weise, die für sie alle richtig sein würde.

Und es tat ihr jetzt leid – und sie hatte ein wenig Angst – dass sie es Tom nie hatte verstehen lassen.

Ihre Augen waren trüb und weich vor Zärtlichkeit, als sie sich zu ihm hinüberbeugte.

»Du kannst das verstehen, Tom. Es ist ganz einfach, nicht wahr? Und verstehst du nicht, genau das hat Vater aber nie getan? Es war immer das Richtige, wie er es sah, ja – aber das Richtige für ihn selbst – immer das Richtige nur für ihn selbst.

»Und irgendwie, Tom, scheint es nicht zu funktionieren, wenn man nur für sich selbst das Richtige findet. Ich meine nicht nur, dass es andere verletzt oder aufopfert – aber irgendwie, auf irgendeine Weise, funktioniert es nicht für einen – für einen selbst.

Es sieht alles gut aus – aber du kannst nicht sehen, warum es nicht gut ist. Aber irgendetwas arbeitet dagegen – irgendein Naturgesetz – oder Gott vielleicht – oder irgendetwas – und es klappt einfach nicht.

»Ich glaube das, Tom – ich glaube es absolut – und egal, wie schwer es ist, ich versuche, mich daran zu halten. Das habe ich Mutter versprochen.«

Tom feuchtete seine trockenen Lippen an. »Dann wirst du, solange er lebt – du – «

Sie legte ihre Hand auf seinen Mund.

»Nicht, Tom, nicht. Es ist nicht nur so – es steckt in allem. Es ist immer das Richtige – auch wenn es für mich falsch und schlecht aussieht. Und ich glaube, am Ende wird es das Beste sein – etwas, das wir nicht verstehen, wird es zum Guten wenden.«

Plötzlich rutschte sie von ihrem Stuhl und hin auf seinen Schoß, legte ihre Arme um ihn und ihren Kopf auf seine Schulter.

»Aber ich liebe dich doch, Tom, so sehr, so sehr.«

In ihrer Stimme lag die ganze sehnsüchtige Zärtlichkeit der Liebe. »Ich möchte deine Frau sein – eines Tages – wenn es das Richtige ist.«

Die Telefonklingel läutete, erschreckend laut in der Stille der kleinen Hütte.

Beth löste sich von dem jungen Mann und richtete sich auf. Die undefinierbare Befürchtung – die vage Vorahnung, die sie schon einmal gespürt hatte – kehrte zu ihr zurück, als sie zögernd auf das Gerät blickte.

Das Klingeln wiederholte sich – aber diesmal war es ein etwas anderer Ruf, der abrupt verstummte.

»Was ist es, Beth? Ist es für uns?«

Das Telefon war jetzt still.

Sie hob den Hörer ab. Stimmen, die sich miteinander unterhielten, kamen an ihr Ohr. Instinktiv sprach sie nicht, sondern lauschte mit gespannter Aufmerksamkeit.

»Tot«, sagte die Stimme, »er liegt tot da, mit Spuren an der Kehle – ein Mord, ganz klar.«

In dem kleinen Raum in der Hütte wurde es plötzlich schwarz für Beth. Das Rauschen des Baches unten am Pfad schien ihr in den Ohren zu dröhnen.

Draußen hörte sie den Wolf immer noch heulen. Sie wusste, dass sie nicht ohnmächtig werden durfte - sie flüsterte es tapfer und verzweifelt vor sich hin.

»Beth! Beth, was ist los?«

Der junge Mann sprang auf die Füße.

Beim Klang seiner Stimme wurde ihr Kopf plötzlich wieder klar. Sie ließ den Telefonkasten los, an den sie sich festgehalten hatte, und hob warnend die Hand, damit es weiter still blieb.

Sie hörte weiter mit. Die Stimme in ihrem Ohr war immer noch zu vernehmen. Sie erkannte die Stimme jetzt – es war der Sheriff von Rocky Gulch.

»Ein heftiger Kampf heute Nachmittag«, sagte die Stimme. »Ich denke, er war es – es ist nur ein Indiz – aber ein verdammt starkes. Und er ist weg – du kennst ihn – Tom Hawley – dieser schlanke junge Kerl aus dem Osten drüben bei Ransome's.«

Der Mann in Vailstown gab eine Antwort.

»Schicken Sie ein paar Männer auf den Weg«, fuhr der Sheriff fort. »Er könnte jederzeit auftauchen. Wahrscheinlich wird er das aber nicht. Und rufen Sie Centerville an – oder was Sie sonst für richtig halten.«

»Sie werden später von mir hören – wahrscheinlich morgen früh. Ich muss jetzt rüberreiten und es seiner Tochter sagen – ich traue mich nicht richtig, sie anrufen, wenn sie ganz allein da draußen ist.«

»Das wird ein ziemlich schwerer Job. Danach werden wir uns morgen früh richtig ins Zeug legen.«

Wieder meldete sich der Mann aus Vailstown zu Wort, diesmal mit einer Frage über den einäugigen Charlie, und das Gespräch wurde fortgesetzt.

Aber Beth hörte nichts mehr. Der Schock über die plötzliche Nachricht vom Tod ihres Stiefvaters und dann die Andeutung eines Mordes – eines Mordes, begangen von Tom Hawley, dem Mann, den sie liebte – dem Mann, dessen Frau sie eines Tages sein wollte – all das wirbelte durch ihr verwirrtes Gehirn.

Tom Hawley, der jetzt dort am Kamin stand und sie verwundert ansah – Tom Hawley war ein Mörder?

Der Schock darüber verursachte einen plötzlichen Abscheu im Herzen des Mädchens. Ihre Finger griffen nach dem kleinen Revolver, der in ihrer Schürzentasche steckte.

Die Stimme des Sheriffs klang noch immer in ihrem Ohr; ihre Lippen waren an der Sprechmuschel – sie brauchte nur etwas zu sagen, um Tom zu verraten – einen Mörder, den das Gesetz holen wollte.

Und dann flüsterte etwas in ihr, es flüsterte zu Mädchen – eine winzige Stimme der Natur – dass sie Tom Hawley liebte.

Es flüstere ihr zu, dass er es für das Richtige gehalten hatte – nur weil er sie liebte – nur weil er sie zur Frau haben wollte – weil er sie glücklich machen wollte.

Wenn sie ihn verriet, konnte er verurteilt und gehängt werden. Der Mann, den sie liebte, würde von der Gerichtsbarkeit getötet werden.

Das Richtige! Die Worte ihres Credos kamen ihr wieder in den Sinn. Was war jetzt das Richtige?

Ihr müdes Gehirn tastete sich mühsam an die Frage heran. Das Richtige!

Die Worte, die sie zu Tom gesagt hatte, schossen ihr durch den Kopf: 'Nicht das, was für mich am besten aussieht, sondern das, was in den Augen Gottes richtig ist. Und irgendetwas – irgendein Gesetz, das wir nicht verstehen – wird dafür sorgen, dass es gut ausgeht.'

Beth ließ den Telefonhörer an der Schnur baumeln und legte ihre Hand auf die Sprechmuschel.

Dann wirbelte sie herum und wandte sich dem jungen Mann zu, der sie immer noch gespannt beobachtete.

»Sie haben es herausgefunden, Tom.«

Ihre Stimme war leise, aber lebhaft und angespannt. In ihrer ausgestreckten Hand glitzerte ein Stück polierter Stahl im Lampenlicht.

»Sie wissen, dass du es warst.«

Beim Anblick des Revolvers, den sie auf ihn richtete, schreckte der junge Mann hoch. Erstaunen und Ungläubigkeit standen ihm ins Gesicht geschrieben.

»Beth! Aber, Beth, was – «

»Wir werden das Richtige tun, Tom – das Richtige in den Augen Gottes.«

Er humpelte vorwärts, und ihre Stimme erhob sich plötzlich:

»Tom – Tom Hawley. Hörst du mir nicht zu? Verstehst du denn nicht?«

Sie winkte mit dem Revolver in Richtung der Wand, die näher am Telefon lag.

»Stell dich dort drüben an die Wand.

»Nicht! Ich meine es ernst«, sagte sie, als er weiter nach vorne kam.

»Kein Wort mehr, Tom, oder ich schieße. Verstehst du denn nicht? Siehst du nicht, dass ich es ernst meine?«, endete sie fast schluchzend.

Der junge Mann zögerte, starrte ihr einen Augenblick lang in die leuchtenden Augen und zog sich dann schweigend an die Wand zurück.

Beth hielt den Revolver im Anschlag, nahm die Hand von der Sprechmuschel und hob den Hörer wieder an ihr Ohr. Sie konnte immer noch hören, wie der Sheriff weitersprach.

»Hier ist Beth-Beth Rollins«, unterbrach sie ihn. Ihre Stimme klang fast unbeteiligt.

Sie hörte, wie der Sheriff erstaunt nach Luft schnappte und seinen unchristlichen Ausruf. Dann fuhr unbeeindruckt fort:

»Ich habe zugehört, Sheriff Williams. Ich – ich meine Sie – Sie suchen Tom Hawley. Nun, er ist – jetzt hier bei mir. Er – er wird hierbleiben, bis Sie kommen.«

Einen Augenblick lang herrschte Schweigen, und dann sagte die Stimme des Sheriffs scheinbar bedrückt:

»Es tut mir sehr leid, Miss Beth. Ich wollte heute Abend zu Ihnen kommen – ich hatte in der Aufregung zuerst versucht, Sie anzurufen und dann nicht bemerkt, dass Sie in dieser Leitung sind. Ihr Stiefvater – er.«

Sie unterbrach seine unbeholfene, verlegene Erklärung. Ihr Gehirn wirbelte durcheinander; der Raum war dunkel, und nur das weiße Gesicht des jungen Mannes und seine fragenden Augen, die sie beobachteten, stachen klar und deutlich hervor.

»Tom Hawley ist hier bei mir«, hörte sie ihre eigene Stimme wiederholen. »Er – er wird hier auf Sie warten.«

Und dann sagte die Stimme des Sheriffs: »Zum Teufel, Ma'am, Ihr Stiefvater - es ist erst vor ein paar Minuten passiert. Wenn Tom Hawley jetzt bei Ihnen ist, ist das alles, was ich als Alibi brauche – das macht es sehr einfach.«

»Ich bin sehr froh, dass Sie es mir heute Abend gesagt haben, Miss Beth, sonst hätte es schlimm für ihn ausgehen können. Lassen Sie mich mit ihm reden, Ma'am, wenn er da ist, denn dann muss es der einäugige Charlie gewesen sein.«

Die Medici Stiefeletten

Die mit Amethysten besetzten Stiefeletten wurden im mittelalterlichen Florenz von einer bösen Dirne getragen – aber welch unheilvolle Macht brachte sie in unsere Zeit hinein?

Fünfzig Jahre lang befanden sie sich hinter Glas im privaten Museum von Silas Dickerson und wurden als 'Die Medici Stiefeletten' bezeichnet.

Gefertigt waren sie aus cremefarbenem Leder, biegsam wie die Hände eines jungen Mädchens, und mit Silberfäden, saphirblauer Seide und scharlachroten Applikationen versehen.

An der Spitze befand sich jeweils ein blasser, schöner Amethyst. Das waren die Medici Stiefeletten.

Der alte Silas Dickerson, Weltenbummler und Sammler, hatte die Schuhe aus einem staubigen Laden in Florenz mitgebracht, als er noch ein junger, von der Lust am Reisen und am Abenteuer erfüllter Mann war.

Die Jahre vergingen, und Silas Dickerson war nunmehr ein alter Mann.

Sein Haar war weiß, seine Augen trübe, und seine geäderten Hände zitterten vor dem Schüttelfrost, der dem Tod vorausgeht.

Als er neunzig war und die Jahre seiner Wanderschaft hinter sich hatte, starb Silas Dickerson eines Morgens, als er in einem hochlehnigen venezianischen Stuhl in seinem Privatmuseum saß.

Die Blattgoldgemälde des vierzehnten Jahrhunderts, die japanischen Prozessions-banner, die gestohlenen Gebeine eines Heiligen aus der Normandie – all die geliebten Trophäen seiner Reisen müssen den Toten stundenlang stumm angesehen haben, bevor ihn Marthe, seine Haushälterin fand.

Der alte Mann saß mit zurückgeworfenem Kopf auf dem verblichenen Bezugs des venezianischen Stuhls, die Augen geschlossen, die knochigen Arme entlang der schön geschnitzten Armlehnen des Stuhls ausgestreckt, und auf seinem Schoß lagen die Medici-Stiefeletten.

Es war Mittag, als sie ihn entdeckte. Die Sonne schien durch das Buntglasfenster über dem Stuhl und traf auf die Amethysten, sodass die violetten Steine die alte Haushälterin mit einem frechen Funkeln anzustarren schienen.

Marthe murmelte ein kurzes Gebet und bekreuzigte sich, bevor sie wie ein verängstigtes Kaninchen mit der Nachricht vom Tod ihres Herrn davonlief.

Die einzigen überlebenden Verwandten von Silas Dickerson, die drei jungen Delameters, hatten die seltsame Notiz, die unter den Papieren im Museumsschreibtisch gefunden wurden, nicht allzu ernst genommen.

Der alte Silas hatte den Zettel geschrieben. Er war an John Delameter adressiert, denn John war der Liebling seines Onkels.

Johns hübsche Frau Suzanne und sein Zwillingsbruder, der Arzt Eric, hatten über seine Schulter hinweg mitgelesen, erst gestaunt und dann nachsichtig gelächelt, denn der alte Dickerson hatte von Dingen geschrieben, die für moderne junge Menschen unverständlich waren:

'Der Anwalt wird die Sache mit dem Testament mit euch beiden, meinen einzigen Erben, regeln.'

'Dich John, da du der ältere von beiden bist, möchte ich jedoch dringend um eine Sache bitten, damit du sie erledigst: Die Medici-Stiefeletten, diese Stiefeletten aus elfenbeinfarbigem Leder, müssen entweder sofort vernichtet oder für immer hinter Glas in einem öffentlichen Museum aufbewahrt werden.'

'Ich wäre dafür, sie zu vernichten, denn sie sind ein gefährlicher Besitz. Sie sind zu den ehebrecherischen Rendezvous gegangen, die in den skandalösen Versen von Lorenzo dem Prächtigen besungen werden. Sie waren an den Füßen einer Mörderin; sie wurden von der Kirche als ein Werkzeug des Teufels verflucht, das den Träger zu üblen Taten und Intrigen anstiftet.'

'Ich will dich nicht mit deren abscheulichen Geschichte belästigen, aber ich wiederhole: *Sie sind ein gefährlicher Besitz.*'

Ich habe sie mehr als fünfzig Jahre lang hinter verschlossen hinter Glas, aufbewahrt. Ich habe sie nie herausgenommen. Vernichte die Medici-Stiefeletten, bevor sie dich vernichten!'

»Aber er hat sie trotzdem herausgenommen!«, rief Suzanne. »Der Onkel hatte die Stiefeletten in der Hand, als Marthe ihn dort in seinem Museum fand.«

John las den Zettel noch einmal und sah seine junge Frau nachdenklich an.

»Ja, vielleicht wollte er sie an diesem Tag vernichten. Natürlich glaube ich, dass der arme alte Kerl die Dinge ein bisschen zu ernst genommen hat – er war sehr alt, weißt du, und Marthe sagt, er hat praktisch nur in seiner eigenen Welt im Museum gelebt.«

»Und außerdem, warum soll ein Paar alter Stiefeletten gefährlich sein? Natürlich wissen wir alle, dass die Medicis sehr gefährlich waren, aber die Medici-Stiefeletten – das ist lächerlich, John. Außerdem ... «

Suzanne hielt provozierend inne, ihre roten Lippen schmollten. Sie blickte auf ihre gepflegten Füße hinunter. »Ich würde diese Medici-Stiefeletten aber sehr gerne anprobieren – nur einmal. Sie sind wunderschön, finde ich.«

John runzelte nachdenklich die Stirn. Er hörte ihren Vorschlag kaum, stattdessen sprach er mit Eric, und seine Stimme klang etwas beunruhigt.

»Ich glaube, dass unser Onkel an dem Morgen, an dem er starb, diese Stiefeletten vernichten wollte; warum hätte er sie sonst nach fünfzig Jahren aus der Vitrine nehmen sollen?«

»Ja, ich glaube, du hast recht, John, denn diese Notiz ist einen Monat vor dem Tod unseres Tod datiert. Ich glaube, er hat darüber gegrübelt, ob er diese Stiefeletten überhaupt jemandem überlassen soll, der ihm wichtig ist. Armer alter Mann!«

»So würde ich ihn nicht nennen, Eric. Er hatte mehr von seinen Abenteuerträumen verwirklicht als die meisten Männer. Ich denke, ich werde tun, was er sagt. Ich werde die Medici-Stiefeletten vernichten.«

»Wenn du dich damit besser fühlst«, stimmte sein Bruder zu.

Aber Suzanne sprach nicht. Sie betrachtete *ihre* Stiefeletten, presste nachdenklich die Lippen zusammen und sah in Gedanken ihre

Füße bereits von den bunten Stickereien der Medici-Stiefeletten umhüllt.

John schien über seine Entscheidung erleichtert zu sein. »Ja, das sollte ich besser tun.«

»Wir werden in ein paar Tagen in die Stadt zurückkehren, aber erst kommt der alte Erskine heute Nachmittag herunter, du weißt er ist der Anwalt des Onkels. Danach sind wir bald unterwegs, Susie und ich – Wien, Paris, die Alpen – dank unseres Onkels.«

»Ich hoffe, dass ich jetzt die Chance habe, meine Arbeit am Johns Hopkins [Universitätsinstitut] etwas zu reduzieren«, sagte Eric, und sie sprachen nicht mehr über die Medici-Stiefeletten.

Der alte, etwas schwerfällig gewordene Anwalt des Dickerson-Anwesens traf ein, und Suzanne sorgte mit der zu ihrem Charme gehörenden Leichtigkeit dafür, dass er es angenehm und bequem hatte.

Zunächst hatte er das Testament verlesen:

'Der gesamte Inhalt meines Museums gehört euch, John und Eric. Ihr könnt damit machen, was ihr wollt. John bekommt als Ältester den gesamten Haus- und Grundbesitz und alles was dazu gehört. Für Eric ist eine Geldsumme vorgesehen, die ihr in einem Umschlag in meinem Sekretär findet.'

Nur als Vorschlag würde ich sagen, dass die Antiquarische Gesellschaft viele der Dinge aus meinem Museum an sich reißen würde, wenn ihr sie ihnen zum Kauf anbietet. Ein paar wenige sind aber von keinem besonderen Wert, außer für mich.'

Um sieben Uhr wurde ein perfektes Abendessen auf der mit einer Markise versehenen Terrasse vor dem sanft beleuchteten Wohnzimmer serviert.

Keiner der drei Delameters erwähnt dem Anwalt gegenüber etwas von dem Brief an Joh und den Medici-Stiefeletten.

Die Sterne gesellten sich zu den beiden kleinen, rosafarbenen Lampen auf dem Tisch, und die sich wiegenden Weiden neben dem von Steinen umgebenen Teich verbreiteten den Duft des Gartens um sie herum.

Als das Abendessen beendet und der Anwalt wieder gegangen war, holte John ein kleines Weichlederbuch aus der Tasche seines Mantels. Er schob seinen Dessertteller zurück, legte es auf den Tisch und tippte mit einem Finger darauf, während er sprach.

»Das ist die Geschichte der Medici-Stiefeletten. Das Büchlein war in dem kleinen Wandtresor in seinem Museum. Nach allem, was mein Onkel über die Medici-Stiefeletten gesagt hat, solle ich sie dann nicht auch vorlesen?«

»Ja, lies es, John«, sagten Suzanne und Eric fast gleichzeitig.

Also las John im Kreis des rosigen Lichts an ihrem kleinen Tisch die Geschichte der Medici-Stiefeletten.

Es war keine lange Geschichte und sie wurde in der Sprache eines anonymen Übersetzers erzählt, aber während John vorlas, drängten sich seine Zuhörer, wie durch einen Zauber bewirkt, zusammen. Sie atmeten kaum noch, und die laue Sommernacht, die so schön war, schien sich mit einer Ahnung von schwebender Gefahr aufzuladen.

'Ich habe lange im Palast von Giuliano de Medici gelebt. Ich bin jetzt eine alte Frau, so wie man die Jahre an diesem schändlichen Ort zählt, obwohl ich nur dreiundfünfzig bin.'

'Einst getrennt von meinem Verlobten, betrogen, verkauft in das marmorne Labyrinth dieses hasserfüllten Palastes, war es lange bevor mein Geist zerbrach, als ich mich, mit Juwelen geschmückt und elegant gekleidet, unter die seidengewandeten Florentiner begab.'

'Man bezeichnete mich als die schönste Mätresse der Medici. Man hat mich umschmeichelt, um in die Gunst meines Herrn zu gelangen, und bei den Orgien im großen Bankettsaal des Palastes obszön verspottet.'

'In meinem Herzen aber lag immer die Erinnerung an meine verlorene Liebe, und in meiner Seele wuchs unbändiger Hass auf die Medici und alle die ihresgleichen waren.'

'Ich, die einst nur von einem bescheidenen Heim, einem gütigen Ehemann, schwarzhaarigen, vertrauensvollen kleinen Kindern geträumt hatte, wurde zum Werkzeug der Medici-Schande.'

'Mit der Zeit fühlte ich mich fast mit dem Teufel im Bunde.'

'Insgeheim und mit einem wachsenden Gefühl der Erregung traf ich mich häufig mit einer üblen Hexe, deren Name den kirchlichen Leuten von Florenz ein Gräuel war.'

'In ihrem Loch von einem Zimmers, in einer bestimmten lärmenden Straße, weihte sie mich in die schrecklichen Geheimnisse der Schwarzen Künste ein, die tief in ihrer Seele steckten.'

'Es war amüsant, dass ich sie in Medici-Gold bezahlt habe.'

'Die Verderbtheit der Medici erzeugte Furcht, in mir hingegen eine Art von gewissenlosem Mut.'

'Ich war es, der den Wein vieler Feinde der Medici vergiftete. Ich war es, der dem alten Fürsten von Vittorio, dessen Ländereien, Macht und Paläste mein Herr Giuliano begehrte, die Spitze eines Dolches ins Herz stieß.'

Sie hat mich in die schrecklichen Geheimnisse der Schwarzen Künste eingeweiht, die tief in ihrer Seele steckten.

'Nach einiger Zeit wurde das Blutvergießen für mich zu einem Rausch; die Todesqualen derer, die den vergifteten Kelch tranken, wurden interessanter als die Schmeicheleien der Medici-Anhänger. Sogar die Damen des Hauses Medici erwiesen mir die Ehre ihrer subtilen, widerborstigen Freundlichkeit.'

120

'Und diese Freundlichkeit war es, die den Plan einer süßen Rache an den Monstern reifen ließ, die mein Leben ruiniert hatten.'

'In meiner Seele kochte ein so großer Hass, dass mein Verstand taumelte, meine Gefühle mich aufwühlten, und mein Herz wie eine Stichflamme in meiner Kehle aufstieg.'

'Ich verhexte drei Dinge von erlesener Schönheit mit der ganzen Inbrunst meiner neu erlernten Lektionen in der Teufelskunde.'

'Diese drei schönen Gegenstände schenkte ich drei Damen aus dem Hause Medici mit honigsüßen Worten der spöttischen Demut. Eine Halskette aus juwelenbesetzten Gliedern – ich verpfändete mich dem Teufel und wollte, dass sich die goldene Kette um die weiche Kehle einer Dame der Medici schließt, während sie schläft, und sie in den in den schwarzen Tod stranguliert.'

'Dann ein filigranes Armband mit Saphiren – ich wollte mit der verborgenen Silbernadel die blaue Ader im weißen Handgelenk einer Medici durchstechen, damit ihr Lebensblut spritzt und sie den Schrecken kennenlernt, den das Haus der Medici anderen bereitet.'

'Zuletzt, und am raffiniertesten, ein Paar cremefarbene Stiefeletten, biegsam, mit Silber und Seide bestickt, mit Amethysten besetzt – meine Verlobungsjuwelen.'

'In meinem Hass verfluchte ich die Stiefeletten und wollte, dass die Trägerin, solange sie diese benutzt, tötet, wie ich getötet hab, vergiftet, wie ich vergiftet habe, und alle Gedanken an Heim und Ehemann verdrängt und in Wollust und Bosheit lebt.'

'Ich vergaß dabei in meinem Hass, dass vielleicht ein anderer als ein Medici sie in den kommenden Jahren tragen und zum Spielball des Teufels werden könnte, so wie ich es jetzt bin.'

'Zu meinen Lebzeiten werden die Medici die Stiefeletten haben, dessen bin ich mir sicher; aber danach – ich kann nur hoffen, dass diese blutige Geschichte der Stiefeletten gefunden wird, wenn ich nicht mehr bin, und dass sie eine Warnung sein möge.'

'Ich habe gelebt, um zu sehen, wie meine Geschenke entgegengenommen und getragen wurden, und ich habe in meiner Seele gelacht, als ich sah, wie meine Flüche drei Medici-Frauen Tod, Schrecken und Unheil brachten.'

'Ich weiß nicht, was einmal aus der goldenen Halskette, dem Armreif oder den Stiefeletenn wird. Die Stiefeletten mögen verloren gehen oder gestohlen werden, oder sie mögen ewig in einem Medici-Palast liegen, aber der Fluch wird an ihnen haften, bis sie vernichtet werden. Deshalb bete ich, dass keine Frau, außer einer Medici, sie jemals tragen wird.'

'Da ich lebe und atme und immen noch den Willen der Herren von Florenz, der verfluchten Medici, erfülle, habe ich die Wahrheit gesagt. Wenn ich tot bin, werden sie vielleicht dieses Buch finden, und in der Hölle werde ich es wissen und mich freuen.'

'Maria Modena di Cavouri, Florenz, 1476.'

»Puh!«, sagte Eric.

John lachte. »Ich glaube nicht, dass diese bezaubernde Geschichte noch spannender gewesen wäre, wenn ich sie aus dem Originalbuch gelesen hätte, natürlich auf Italienisch. Ich frage mich, wo Onkel es her hat! Es wurde nicht erwähnt, dass es in der Bibliothek war – aber da war es.«

»Wirst du jetzt diese Stiefeletten vernichten?«, fragte Eric, und das nicht nur im Scherz.

Aber Suzanne sagte lachend: »Nicht bevor ich herausgefunden habe, ob die Medici-Dame einen kleineren Fuß hatte als ich! Sind sie noch im Museum, John?«

»Kümmere dich nicht darum, meine Liebe. Sie sind nicht für Leute wie dich gemacht.«

»Oh, sei nicht albern, John. Wir haben das Jahr 1935 und nicht das fünfzehnte Jahrhundert.« Und sie alle schmunzelten über Suzannes Ernsthaftigkeit.

Das Buch, das die Geschichte der Medici-Stiefeletten enthielt, lag nun auf dem weißen Tischtuch und sah aus wie ein Buch mit schönen Versen.

Suzanne saß still da, wie ein kleiner weißer Fleck in der sommerlichen Dunkelheit, während die Männer über Silas Dickerson sprachen, über sein Leben, seine Sammelleidenschaft, seinen Tod, der ihn so passend in seinem Museum ereilt hatte.

Es war fast zwölf, als Suzanne die Männer auf der Terrasse zurückließ und mit einem leisen 'Gute Nacht' das Wohnzimmer betrat und die lange, glänzende Treppe hinaufging.

Und jetzt werde ich dieses Buch und den Brief an mich in den Ofen werfen; danach vernichte ich die Stiefeletten. Wer weiß, wie unser Onkel in deren Besitz gelangt ist. Nichts soll mehr an diese Geschichte erinnern und uns oder unseren Onkel belasten. Das alles hat einfach nicht existiert.

Bleibt nur Marthe, die Haushälterein, aber ich werde mit ihr darüber sprechen und ich bin sicher, dass sie den Mund hält.

Währen Brief und Buch in den Flammen verschwanden, fuhren sie mit ihrem Gespräch fort. Einmal blickte John in die Richtung des hervorstehenden Gebäude-flügels, in dem sich das Museum befand, und rief aus: »Seht euch das mal an! Ich könnte schwören, dass ich ein Licht im Museum gesehen habe.«

»Du hast es doch abgeschlossen, nicht wahr?«, fragte Eric.

»Natürlich; der Schlüssel liegt oben in meinem Schreibtisch. Hm, wahrscheinlich täusche ich mich, aber es schien mir so, als ob dort gerade ein Licht aufgeleuchtet hätte.«

»Eine Reflektion vom Wohnzimmerfenster, denke ich. Das Landleben macht dich hibbelig, John.« Und Eric lachte über seinen Bruder.

Die Männer blieben weiter sitzen. Sie zögerten, die Schönheit der Nacht zu verlassen, und es war fast zwei Uhr, als sie schließlich ins Haus hinein gingen.

John sagte: »Ich denke, ich werde Suzanne nicht stören«, und legte sich in einem breiten Himmelbett in einem neben dem seiner Frau gelegenen Zimmer schlafen.

Eric und der alte Anwalt waren in Zimmern auf der anderen Seite des Flurs untergebracht.

Als die stille Sommernacht das Haus von Silas Dickerson umschloss, und als sich der abschwächende Mond gegen die Wolkenbank abzeichnete, die von dem wenigen Wind über den Himmel gepustet wurde, der vor der Morgendämmerung aufkam, erwachte ganz plötzlich der junge Doktor Eric Delameter und wurde von einem Gefühl klammer Befürchtungen erfasst.

Er hatte seine Tür nicht verschlossen, und nun sah er, quer durch das schummrige Zimmer, wie sie sich langsam öffnete.

Eine Hand schloss sich um den Rand der Tür – eine Frauenhand, klein, weiß und juwelenbesetzt.

Eric saß gerade und angespannt auf der Kante seines Bettes und blickte durch den Raum. Eine Frau, jung und schlank, in einem langen, wallenden Kleid, kam lächelnd auf ihn zu. Es war Suzanne.

Mit einem Keuchen beobachtete Eric, wie sie sich ihm näherte, bis sie direkt vor ihm stand.

»Suzanne! Schläfst du? Suzanne, soll ich John rufen?«

Er dachte, dass er sie vielleicht nicht wecken sollte; es gab Dinge, die man bei Schlafwandlern beachten musste, die aber von den Ärzten kaum anerkannt werden.

Eric war auch wegen ihrer Kleidung verwirrt. Sie trug kein Nachthemd, sondern ein aufwändiges, wallendes Kleid, auf dem schwach Stickereien in Silber schimmerten.

Ihre kurzen schwarzen Locken waren etwa dreifach mit Perlensträngen zusammengebunden; ihre schlanken weißen Arme waren mit Armbändern behängt. Unter ihrem Kleid lugten die Spitzen kleiner Stiefeletten hervor – kleine Stiefeletten aus cremefarbenem Leder, und an jedem Schuh glänzte ein Amethyst.

Der Anblick dieser amethystfarbenen Spitzen machte einen seltsamen Eindruck auf Eric, so, als ob er etwas Abscheuliches gesehen hätte.

Er stand auf und streckte eine Hand aus, um Suzannes Arm zu berühren.

»Suzanne«, sagte er sanft. »Ich bringe dich jetzt zu John. Soll ich?«

Suzanne blickte zu ihm auf, und ihre braunen Augen, die sonst so fröhlich waren, wirkten tief schläfrig, nicht vor Schlaf, sondern mit einem Ausdruck völliger Verlassenheit.

Sie schüttelte langsam und lächelnd ihren perlengeschmückten Kopf.

»Nein, nicht John. Ich will dich, Eric.«

'Verrückt! Suzanne muss verrückt sein', war Erics plötzliche Eingebung, aber ihre Zärtlichkeit war schneller als sein Gedanke.

Suzanne legte ihre juwelenbesetzten Arme um seinen Hals und küsste ihn, ihre roten Lippen schmiegten sich warm an seine.

»Suzanne! Du weißt nicht, was du tust.«

Er nahm ihre beiden Hände in die seinen und eilte mit einer Geschwindigkeit mit ihr aus dem Zimmer und über den Flur, die ihm lächerlich vorgekommen wäre, wenn er die Szene in einem Film gesehen hätte.

Eric öffnete behutsam ihre Tür und schob Suzanne unsanft in ihr Zimmer. Sie schien wie ein kleines Tier in seinem Griff.

Sie zischte ihn an, klammerte und kratzte an seiner Hand. Aber als er die Tür geschlossen hatte, öffnete sie diese nicht wieder, und nach einem Moment ging er in sein eigenes Zimmer zurück.

Mit zusammengepressten Lippen und schnell schlagendem Herzen schloss Eric seine Tür mit einer geräuschlosen Drehung des Schlüssels ab.

Es dämmerte bereits, und der Garten lag seltsam und wie pastellfarben vor seinem Fenster, aber Eric sah nichts davon.

Er konnte kaum an etwas denken, obwohl sich seine Lippen bewegten, als ob verworrene Gedanken darum rangen, ausgesprochen zu werden.

Er blickte auf seine Hand hinunter, wo ein Rinnsal von Blut aus zwei langen roten Kratzern gesickert war.

Nachdem er sich die Hand gewaschen hatte, legte er sich auf sein Bett und bedeckte seine Augen mit dem Arm, um das Bild von Suzanne zu verdrängen, und über allem schwebten die schimmernden Spitzen ihrer kleinen Stiefeletten, wie er sie im schummrigen Licht seines Zimmers gesehen hatte, als sie auf ihn zukam.

'Sie hatte die Medici-Stiefeletten getragen! Die Medici-Stiefeletten! Suzanne muss sie aus dem Museum mitgenommen haben!'

Er dachte es immer wieder: 'Die Medici-Stiefeletten! Die Medici-Stiefeletten!'

Eric fürchtete sich vor dem Frühstück, aber als er um acht Uhr auf die Terrasse hinunterkam, wo ein rustikaler Tisch einladend gedeckt war, fand er John und den Anwalt, die ihn erwarteten.

John begrüßte seinen Bruder liebevoll.

»Guten Morgen, alter Junge! Ich hoffe, du hast gut geschlafen. Warum so feierlich? Fühlst du dich schlecht?«

»Nein, nein. Mir geht es gut«, antwortete Eric hastig und war erleichtert, dass Suzanne nicht anwesend war. Dann fügte er mit einem kaum merklichen Zögern hinzu:

»Kommt Suzanne nicht herunter?«

»Nein«, antwortete John entspannt. »Sie schien noch ein wenig länger schlafen zu wollen. Sie hat sich entschuldigt und wird uns beim Mittagessen sehen.«

John fuhr fort. »Ich hatte letzte Nacht wirklich einen Albtraum. Ich dachte, eine Frau in einem langen, glänzenden Kleid wäre in mein Zimmer gekommen und hätte versucht, mich zu erstechen. Heute Morgen stellte ich fest, dass ein Glas auf meinem Nachttisch umgestoßen und zerbrochen war, und, bei Gott, ich habe mir damit ins Handgelenk geschnitten.«

Er zeigte einen gezackten Schnitt an seinem Handgelenk. »Sieh dir das einmal an, Doktor Eric.«

Eric betrachtete die Wunde genau an. »Nicht schlimm«, sagte er, »aber du hättest verbluten können, wenn es nur einen halben Zentimeter weiter links gewesen wäre. Wenn du willst, werde ich das nach dem Frühstück kurz behandeln.«

Erics Stimme blieb ruhig genug, obwohl sein Puls pochte und sein Herz heftig schlug.

Den ganzen Vormittag ritt er durch die an das Dickerson-Anwesen angrenzende Landschaft, aber er ließ die Stute gehen, wie und wohin sie wollte, denn sein Geist war mit den Ereignissen der Stunde vor dem Morgengrauen beschäftigt.

Er wusste, dass die Wunde am Handgelenk seines Bruders von Stahl und nicht von Glas stammte. Doch als der Ritt zu Ende war, konnte er sich nicht dazu durchringen, John von Suzannes Besuch zu erzählen.

»Sie muss geschlafwandelt haben, obwohl ich mir nicht erklären kann, wie sie gekleidet war.

Ich habe Suzanne immer für äußerst bescheiden in ihrer Kleidung gehalten, sie neigt sicher nicht dazu, sich mit Schmuck zu überladen. Und diese Stiefeletten! John muss sie heute holen und vernichten, wie er es gesagt hat. Vielleicht ist es albern, aber ... «

Seine Gedanken gingen weiter und weiter und kehrten doch immer wieder zu den Stiefeletten der Medici zurück, ohne dass er es klar realisierte.

Eric kam um elf Uhr von seinem Ausritt zurück und war genauso aufgewühlt wie zu zuvor. Er fürchtete sich fast davor, Suzanne beim Mittagessen zu treffen.

Als er sie mit John und Mr. Erskine auf der kühlen, schattigen Veranda antraf, wo sie zu Mittag aßen, sah er, dass es nichts zu befürchten gab. Die verliebte, anhängliche

Frau, die in der Stunde vor dem Morgengrauen zu ihm gekommen war, gab es nicht mehr. Da war nur noch die Suzanne, die Eric kannte und liebte wie eine Schwester.

Da war sie wieder, die fröhliche kleine Suzanne, etwas verwöhnt von ihrem Mann, aber eine Suzanne, süß und weiblich, fast kindlich, in einem frischen weißen Kleid und kleinen Sandalen mit niedrigen Absätzen.

Sie unterhielten sich angeregt über Tennis, Pferde, und über die prächtigen Rittersporne im Garten.

Dann war da noch das winzige Malteserkätzchen, das Suzanne am späten Vormittag aus dem Stall geholt und in einem Korb mit rosa Schleife auf die Veranda gesetzt hatte. Sie zeigte Eric das Kätzchen, streichelte sanft seine winzigen Pfoten und besänftigte sein klägliches Miauen mit lächerlichen Kosenamen.

'Vielleicht bin ich ein größerer Narr, als ich weiß. Vielleicht ist es nie passiert, außer in einem Traum', sagte sich Eric etwas unglücklich. 'Und doch ... '

Er betrachtete die roten Spuren auf seiner Hand, Spuren, die eine wütende Suzanne in jener Stunde vor der Morgendämmerung hinterlassen hatte. Er erinnerte sich auch an den Schnitt an Johns Handgelenk, den Schnitt so nahe an der Vene.

Eric lehnte Johns Einladung ab, an diesem Nachmittag mit ihm durch das Museum zu gehen, aber er sagte mit einem seltsamen Gefühl der Zurückhaltung: »Wenn du schon da bist, John, solltest du die Medici-Stiefeletten loswerden. Unheimliche Dinger, die man nicht um sich haben sollte, finde ich.«

»Die werden schon noch vernichtet werden. Aber Suzanne will sie unbedingt anprobieren. Ich werde sie holen und dann das machen, was der Onkel gesagt hat, und auch das was wir wollen, damit alle Spuren verschwinden.«

Eric blieb auf der Terrasse und spekulierte darüber, was John und Suzanne wohl tun würden, jetzt, wo das riesige Vermögen von Silas Dickerson ihnen gehörte. Eric war nicht neidisch auf das Glück seines Bruders, und er war dankbar für seinen bescheideneren Anteil an der Großzügigkeit des alten Silas.

Um fünf Uhr betrat er die Halle, gerade als Suzanne aus der Küche hereinstürmte. Sie breitete lachend die Hände aus.

»Ich habe mit meinen eigenen schönen Händen einzelne Mandeltörtchen für den Nachtisch gemacht. Die Köchin hält sie für ein Wunder! Jedes Meisterwerk in einer geriffelten Silberschale, silberne Bonbons auf die rosa Schlagsahne gestreut! O-oh!«

Sie machte große Augen in gespielter Fressgier, und Eric vergaß für einen Moment, dass es jemals eine andere Suzanne gegeben hatte.

»Du bist nichts weiter als ein kleines Mädchen, Suzie. Du mit deinen Schwärmereien über rosa Schlagsahne! Aber es ist lieb von dir, dass du dir an einem warmen Nachmittag solche Mühe gibst. Wir sehen uns und die 'Wie-auch-immer-du-sie-nennst' beim Abendessen!«

»Das sind Tortonis, Eric, italienische Tortonis.«

Suzanne lief leichtfüßig die Treppe hinauf. Eric folgte langsamer hinterher.

Er betrat sein Zimmer und dachte, dass es in diesem Haus mit dem alten Museum einige Dinge gab, die erklärt werden mussten.

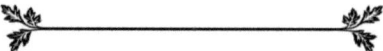

Zwanzig Minuten vor dem Abendessen standen Eric und John auf der Terrasse und warteten auf Suzanne.

John war sehr gesprächig, was auch gut so war, denn er hätte sich über das Schweigen seines Bruders wundern können.

Eric war hin- und hergerissen zwischen dem Wunsch, seinem Bruder seinen widerstrebenden Verdacht bezüglich der Medici-Stiefeletten und Suzanne mitzuteilen, und seiner Neigung, die Dinge in Ruhe zu lassen, bis die Stiefeletten vernichtet werden konnten.

Er sagte zögernd: »John, hat Suzanne diese – diese Stiefeletten?«

John schluckte. »Ja, natürlich. Ich habe sie in ihrem Zimmer gesehen.«

»Weißt du, dass sie gestern Abend ins Museum gegangen ist und diese Stiefeletten mitgenommen hat? Erinnerst du dich an das

Licht, das ich im Museum gesehen habe. Es war ihr Licht.«

»Suzanne hat eine Idee von der sie nicht ablassen will. Sie möchte die Stiefeletten nur ein einziges Mal tragen, sagt sie, um den Geist dieser – wie heißt sie noch – Maria Modena zu vertreiben.«

»Suzanne sagt, sie habe letzte Nacht nicht viel schlafen können. Sie ist früh aufgestanden und hat die Stiefeletten anprobiert. Ich glaube, ich werde sie morgen vernichten. Das ist der Wunsch meines Onkels, also werde ich es tun.«

»Sie hat sie anprobiert, ja?«, sagte Eric.

»Nun, wenn du Sie mich fragst, würde ich sagen, dass die Geschichte mit den Stiefeletten ein bisschen zu aufregend für Suzanne war. Es war eine gespenstische Geschichte. Der Onkel muss sie mit Haut und Haaren geschluckt haben, was?«

»Natürlich. Sein Brief hat das gezeigt«, sagte John. »Aber Suzanne lebt in der Gegenwart, nicht in der Vergangenheit, wie der Onkel. Ich nehme an, dass Suzanne diese Stiefeletten noch ein Weilchen tragen wird, oder sie wird sich nicht zufrieden fühlen. Ich muss aber zugeben, dass mir die Idee nicht gefällt.«

Etwas wie ein elektrischer Schlag durchfuhr Eric. Er sagte etwas atemlos: »Ich glaube nicht, dass Suzanne die Medici-Stiefeletten haben sollte.«

John sah ihn neugierig an und lachte. »Ich wusste nicht, dass du abergläubisch bist, Eric. Aber denkst du wirklich ... «

»Ich weiß nicht, was ich denken soll, John. Aber wenn sie meine Frau wäre, würde ich ihr diese Stiefeletten wegnehmen. Der Onkel hat vielleicht gewusst, wovon er spricht.«

»Nun, ich denke, sie hat vor, sie beim Abendessen zu tragen, also bereite dich darauf vor, geblendet zu werden. Nun, da ist sie ja. Sei gegrüßt, mein Schatz!«

Suzanne schwebte über die Terrasse, ihr Kleid schimmerte golden, die Perlen waren um ihren Kopf gebunden, wie Eric sie in der düsteren Stunde vor der Morgendämmerung gesehen hatte, und wieder beschwerten die Reihen von Armbändern ihre schlanken Arme ... und sie trug die Medici-Stiefeletten, deren amethystfarbene Spitzen unter ihrem glänzenden Kleid hervorlugten.

John, immer bereit für fröhliche Clownerien, stand auf und verbeugte sich tief.

»Seid gegrüßt, Kaiserin! Ach, das ist wohl das Kleid, das du in Florenz auf unserer Hochzeitsreise bekommen hast, nicht wahr? Und diese verflixten Medici-Stiefeletten!«

Suzanne lächelte nicht, sondern streckte ihm kühl ihre Hand zum Kuss entgegen.

John zog verdutzt eine Augenbraue hoch.

»Was ist denn los, Schatz? Willst du so herablassend mit mir umgehen?«.

Er hielt ihre Hand fest und küsste jeden ihrer Finger, doch Suzanne riss sie weg, und der Blick, den sie ihrem Mann zuwarf, war von boshaftem Hochmut.

Eric hingegen warf sie einen Blick zu, der eine offene Liebkosung war; sie beugte sich zu ihm und legte eine Hand auf seinen Arm, während er mit geschlossenen Lippen neben seinem Stuhl stand, und Augen, die Johns verletzte Verwirrung nicht ansehen wollten.

Dann setzten sich die drei in die niedrigen Korbstühle und warteten auf das Abendessen

– drei Menschen mit seltsam unter-
schiedlichen Gefühlen.

John war verletzt und ein wenig
ungeduldig mit seiner Angetrauten. Eric war
wütend auf Suzanne, obwohl in seinem
Herzen das fast sichere Wissen war, dass die
Suzanne neben ihnen auf der Terrasse nicht
die Suzanne war, die sie kannten, sondern
eine grausam fremde Frau, das Produkt einer
unheimlichen Macht, unbekannt und
bezwingend.

Niemandem, der Suzannes rote Lippen und
ihre schweren Augen betrachtete, konnte
entgehen, dass es sich hier um eine Frau
handelte, die gefährlich subtil war und eine
Macht besaß, die verheerender war als die
zuckenden Blitze, die sich hin und wieder
über den Baumwipfeln des Gartens zeigten.

Eric begann etwas davon zu spüren, und in
seinem Geist formte sich eine Vorsicht, eine
Abwehr gegen diese Frau, die nicht Suzanne
war.

»Heute Abend gibt es kein 'al fresco-Essen'
[ein Essen draußen in der Kühle], sagte John,
als der sich verdunkelnde Himmel plötzlich
von einem blau-grünen Sprühregen
durchzogen wurde.

141

»Regen ist im Anmarsch. Ein ziemlich heftiges Gewitter, würde ich sagen.«

»Das gefällt mir«, antwortete Suzanne und atmete tief die schwüle Luft ein.

John lachte. »Seit wann, mein Schatz? Normalerweise zitterst du bei einem Gewitter.«

Suzanne ignorierte ihn. Sie lächelte Eric an und sagte in leisem Ton: »Und wenn ich meinen Mut verlieren sollte, würdest du dich um mich kümmern, nicht wahr, Eric?«

Bevor Eric etwas erwidern konnte, wurde das Abendessen angekündigt, und er fühlte eine Erleichterung, aber auch ein Grauen. Dieses Abendessen würde schwierig werden.

John bot seiner Frau seinen Arm, lächelte sie an und hoffte auf ein Lächeln im Gegenzug, aber Suzanne zuckte mit den Schultern und sagte mit liebevoller Stimme:

»Eric?«

Eric konnte sich nur steif verbeugen und seinen Arm anbieten, während John langsam neben ihnen herging, sein Gesicht nachdenklich, seine fröhliche Laune verschwunden.

Während des Abendessens versuchte er jedoch, die schleppende Unterhaltung wiederzubeleben.

Suzanne sprach mit stakkatohafter Stimme, und ihre Wortwahl kam Eric seltsam vor, fast so, als übersetze sie ihre eigenen Gedanken aus einer fremden Sprache.

Eric sah eine Chance, das Gespräch natürlicher zu gestalten. Fröhlich sagte er: Ich freue mich schon auf den Nachtisch deiner Frau. Ich denke, sie ist eine hervorragende Köchin – eine hervorragende Konditorin.

»Was hast du gesagt, was es ist, Suzanne?«

»Das? Oh – ich weiß nicht, wie es heißt.«

»Aber heute Nachmittag, als du die Küche verlassen hast – sagtest du da nicht, es sei etwas mit Mandeln oder so?«

Sie schüttelte den Kopf und lächelte. »Vielleicht ist es das. Ich weiß es nicht.«

Draußen tobte das Gewitter, und im graublauen Licht der gegabelten Blitze erstrahlte der große Kronleuchter in einem grausigen Glanz. Die Donner rollten wie dumpfe Trommeln.

Plötzlich fing Suzanne an zu lachen, ein schreckliches Gelächter nach dem anderen, und dann, nach einem grellen Blitz, erlosch der große Kronleuchter. Der Raum wurde in stürmische Dunkelheit getaucht, und sie hörten, wie der Regen durch den Garten peitschte und sich gegen die Fenster warf.

»Hab keine Angst, Suzanne.« Es war Johns besorgte Stimme, und ihr folgte eine schnelle Bewegung auf Suzannes Seite des Tisches.

Ein blaugrüner Lichtschein erhellte für einen Augenblick den Raum, und Eric sah, wie sich Suzanne in den Armen ihres Mannes wand, einen juwelenbesetzten Arm erhob und in der Hand einen glänzenden Dolch hielt.

Mit einem fast unwillkürlichen Sprung konnte Eric sie ereichen und schlug nach dem Messer in Suzannes Hand. Es traf sie am Bein und klapperte dann zu Boden.

Und als ob die Wut des Sturms und Suzannes Wahnsinn sich beide erschöpft hätten, hörten der peitschende Regen und die Blitze abrupt auf, und Suzanne wehrte sich nicht mehr.

Eric hatte den Eindruck, dass dabei die Amethyste auf den Medici-Stiefeletten im Licht des großen Kronleuchters böse funkelten.

»Zünde die Kerzen an, Eric, schnell, auf dem Kaminsims zu deiner Rechten! Suzanne ist verletzt!«

In dem blassen, goldenen und schwankenden Kerzenlicht sah Eric, wie Suzanne in Johns Armen zusammensackte.

Ein Teil ihres Kleides war mit Blut getränkt, das von einem Einschnitt oberhalb des Knies durch den fallenden Dolch stammte.

»Bringen wir sie rüber zum Fenster, Eric. Tu etwas für sie!«

»Oh, Schatz, stöhne nicht so!« In Johns Stimme lag weder eine Frage noch ein Vorwurf, nur Mitleid.

Eric zog seinen Mantel aus und krempelte die Ärmel hoch. Sein Mund war grimmig verzogen, seine Hände ruhig, seine Stimme rauh und professionell.

»Zieh die Stiefeletten aus, John. Sie wird dann wieder sie selbst sein. Ich meine, dass sie Suzanne sein wird – keine Mörderin der Medicis. Zieh sie aus, John! Sie sind der Grund für diese Sache.«

»Du meinst ... «, Johns Stimme war atemlos, seine Lippen zitterten.

»Ich meine, diese höllischen Stiefeletten haben Suzanne von einem süßen und reizenden Mädchen in ein ... nun, tu, was ich dir sage. Ich bin gleich zurück mit Mullbinden und einigen Dingen, die ich brauche.«

Als Eric zurückeilte, standen drei Diener an der Tür zum Esszimmer. Er sprach sie barsch an, und sie gingen mit großen Augen und flüsternd davon. Eric schloss die Tür.

Während die nassen Zweige gegen die Fenster klopften und die Sterne sich durch die Wolken kämpften, arbeitete Eric leise, fachmännisch und grimmig im Schein einer Taschenlampe, die John in seinen unsicheren Händen hielt, und im Licht der flackernden Kerzen, denn das Hauslicht war durch den Sturm erloschen.

»Da, schau sie dir an«, gab Eric mit einem zufrieden Blick von sich.

Die Brüder standen da und betrachteten Suzanne, die zu schlafen schien. Ihr goldenes Kleid schimmerte im Kerzenlicht und die Perlen glitten aus ihrem dunklen Haar. Die Medici-Stiefeletten lagen in einer Ecke des Zimmers, wo Eric sie hingeworfen hatte.

»Lass sie hier schlafen, und wenn sie aufwacht, würde ich ihr nichts davon erzählen, wenn ich du wäre, John.«

»Es gibt Dinge, die du mir nicht erzählt hast, Eric, nicht wahr? Dinge, die mit den Medici-Stiefeletten zusammenhängen?«

Eric sah seinen Bruder unverwandt an. »Ja, alter Freund, und nachdem ich es dir gesagt habe, müssen diese Stiefeletten vernichtet werden. Wir werden sie verbrennen, bevor diese Nacht zu Ende ist. Wir dürfen sie nicht mehr länger behalten.«

»Wir werden aber erst einmal auf die Terrasse gehen – dort ist es nass, aber die

Luft ist frisch. Hast du etwas gerochen – etwas Seltsames?« Eric hätte schwören können, dass ihm ein grässlicher Geruch von den Stiefeletten entgegenkam, faulig, heiß und widerwärtig – der Geruch von Greueltaten und altem, blutigem Tod.

Der Ofen war aber zwischenzeitlich so weit heruntergebrannt, dass sie die Stiefeletten erst am nächsten Tag ins Feuer werfen konnten. Eric hatte sie aber gleich geholt und in sein Zimmer gebracht; Johns Frau würde ohnehin weit in den Tag hinein schlafen.

Marthe war in der Zwischenzeit hereingekommen und hatte gefragt, ob sie noch den Nachtisch bringen solle.

»Den sollten wir uns nicht entgehen lassen, John«, sagte Eric. Lass uns sehen, was uns die Hände deiner Frau vorbereitet haben.«

Marthe ging und holte den Nachtisch und stellte die drei Teller vor ihnen auf den Tisch. Dann streute sie die von Suzanne vorbereitete rosa Kandiszuckermischung darüber, die in der rosa Sahne verschwand.

»Ihre Schwägerin wollte das Desert in der Küche eigentlich selbst vorbereiten und herausbringen«, sagte Marthe.

Das kleine Malteserkätzchen krabbelte unter dem Tisch herum. Es war so winzig, so mutig, wie es über den glänzenden Boden taumelte, den kleinen Schwanz wie ein Segel gehisst, dass John und Eric laut lachten.

Marthe bemerkt es beim Gehen nicht und trat unvorsichtig auf seinen Schwanz.

Das Kätzchen sprang zur Seite und blieb in einem kleinen, keuchenden Haufen liegen.

John sprang auf. Er nahm das Kätzchen in seine Arme und beruhigte es.

»Bleib, Marthe, sagte John. Suzanne hat sich hingelegt und bevor der schöne Nachtisch verdirbt ... «

»Nein, ist schon gut, es gibt noch genug davon in der Küche. Davon werde ich mir mit ihrer Erlaubnis etwas nehmen«, sagte sie und ging mit dem Zuckerstreuer davon.

Als das Kätzchen ruhiger wurde, nahm John ein großes Rosenblatt von den Tischblumen und bestrich es mit einem gehäuften Löffel der rosa Sahne von seinem Dessert. Dann setzte er das Kätzchen daneben.

»Hier, Kleines. Leck das auf. Das ist etwas Besonders zu Essen. Ich weiß, dass es Marthe leid tut.«

Mit der ihr angeborenen Gier verschlang das Kätzchen die Creme und überzog seine kleine Nase und die Schnurrhaare mit einem rosafarbenen Film.

John beobachtete das Kätzchen, und auch Eric beobachtete es ganz spannt – und hatte plötzlich einen schrecklichen Verdacht.

Das Kätzchen aß alles von der Creme auf, leckte sich die Pfoten und drehte sich um, um geruhsam wegzulaufen.

Eric schämte sich ein wenig wegen seines Argwohns und steckte seine Gabel in das Dessert ...

Er sah noch, wie das Malteserkätzchen herumwirbelte und im nächsten Moment tot auf dem Rücken lag, die winzige gefütterte Zunge herausgestreckt, die Pfoten starr.

Dann sank auch Eric mit Krämpfen zusammen.

John war außer sich und trommelte die Dienerschaft zusammen. Alle kamen, nur Marthe nicht.

Die konnte aber nicht kommen, denn sie lag tot in der Küche.

»Ein klarer Fall«, sagte Inspektor Armstrong zu seinem jungen Kollegen. »Der Täter ist verhaftet. Eine Marshsche Probe hat eine Arsenvergiftung bei Eric und Marthe festgestellt. Eine Hausdurchsuchung hat das Testament zutage gefördert. John Delameter hatte wohl seinen Bruder wegen des Erbschaftsanteils ausschalten wollen und die Haushälterin war ihm als eine mögliche Zeugin lästig.«

Der Psychiater glaubt, dass es auf Unzurechnunsgfähigkeit hinauslaufen wird. Schon seltsam was er da an Unsinn erzählt, von Medici-Stiefeletten, die keiner im Haus je gesehen hat, und Florentiner Mörder-Nutten aus dem 15. Jahrhundert. Das will er aus einem Buch haben, das leider im Feuer verschwunden ist, wie auch ein Brief seines Onkels. Dann soll es auch noch seine Frau gewesen sein, die tief geschlafen hat.«

Unterdessen kam die junge Frau von John Delameter herein. Mit strengem, mürrischem Blick musterte sie die Polizeibeamten und fragte launisch nach, ob der Fall nun endlich geklärt sei, bevor sie hinaus in den Garten ging.

Der Inspektor drehte sich um, sagte aber nichts. Als sie weit genug weg war, konnte er sich eine Bemerkung gegenüber seinem Kollegen nicht verkneifen: »Schau dir mal die Schuhe an, die sie trägt: Amethysten und Silberfäden! Sind das nicht die Schuhe, von denen dieser John Delameter faselt?«

»Kann sein«, antwortete der Kollege, »er hat sie wohl bei seinen wilden Fantasien vor Augen gehabt. Vielleicht hat sie sie vor einiger Zeit irgendwo gekauft und erst jetzt anziehen können, weil es ihr Mann bisher nicht erlaubt hatte. Die Dienerschaft hatte sie nie damit gesehen und sie hatten auch bestätigt, dass die Frau zum Zeitpunkt der Tat tief geschlafen hatte. Außerdem hatte sie eine Affäre mit dem Bruder des Täters gestanden, was wohl als zusätzliches Motiv ausreicht.«

»Nun gut«, da können wir jetzt einen Deckel auf den Fall machen. Wird auch Zeit, unten am Fluss haben sie eine Wasserleiche gefunden; neue Arbeit für uns.«

Wo war die Wych Street?

In der Kneipe *Zur Bachstelze* im Londoner Stadtteil Wapping tranken vier Männer und eine Frau Bier und diskutierten über Krankheiten. Es war kein schönes Thema, und auch der Kreis der Anwesenden war alles andere als ansehnlich.

Es war ein dunkler Novemberabend, und die schummrige Beleuchtung der Bar schien das düstere Äußere nur noch zu unterstreichen.

Nebelschwaden und Feuchtigkeit von draußen mischten sich mit dem Rauch von Pfeifentabak. Der geschliffene Fußboden war in einen sandigen Morast verwandelt worden, welcher der Oberfläche des Bürgersteigs nicht unähnlich war.

Eine alte Dame am Ende der Straße war am Abend zuvor an einer Lungenentzündung gestorben, und das Ereignis sorgte für reichlich Gesprächsstoff.

Was man sich doch so alles einfangen kann!

Überall lauern Keime, die einen vernichten wollten. Jeden Augenblick konnten die Symptome ausbrechen. Und so versammelte man sich an einem fröhlichen Ort im Kreise von Freunden und trank auf das Vergessen.

Der Bekannteste in dieser kleinen Gruppe war Baldwin Meadows, ein fahlgesichtiger Schurke mit zerschlagenen Gesichtszügen und markanten Wangenknochen, dessen Gesicht von hundert Kämpfen gezeichnet und vernarbt war. Ex-Seemann, Ex-Boxer, Ex-Fischlieferant – kurzum, jeder kannte ihn als Ex-alles-Mögliche, aber keiner wusste, wie er lebte.

An seiner Seite schwankte ein riesiger Farbiger, der sich Harry Jones nannte.

Über einem Bierkrug saß grinsend ein pickeliger junger Mann, der als 'der Agent' bekannt war. Silberne Ringe schmückten seine Finger. Er hatte keinen anderen Namen und vor allem keine Adresse, aber er 'arrangierte' Dinge für die Leute und schien auf eine undurchschaubare Art davon zu leben.

Die beiden anderen Personen waren Mr und Mrs Dawes.

Mr Dawes war ein durch und durch negativer Mensch, und Mrs Dawes glänzte durch eine hohe, weinerliche, eindringliche Stimme, die bis auf einen halben Ton an Hysterie heranreichte.

Irgendwann nahm das Gespräch dann plötzlich eine seltsame Wendung. Mrs Dawes erwähnte, dass ihre Tante, die am Verzehr von Hummerkonserven gestorben war, in einem Korsettgeschäft in der Wych Street gearbeitet hatte. Als sie das sagte, bemerkte der Agent, dessen rechtes Auge die Decke zu beobachten schien, während sein linkes Auge über die andere Seite seines Kruges blickte:

»Wo war die Wych Street, Ma'am?«

»Meine Güte!«, rief Mrs Dawes aus. »Wissen Sie das nicht, mein Lieber? Sie müssen wirklich noch sehr jung sein. Als ich ein Mädchen war, kannte jeder die Wych Street. Es war genau dort, wo man den Kingsway gebaut hat.«

Baldwin Meadows räusperte sich und sagte:

»Die Wych Street war früher eine Abzweigung, die von Long Acre in die Wellington Street führte.«

»Oh nein, alter Junge«, warf Mr Dawes ein, der den 'Ex-Alles-Mann' stets mit großer Hochachtung behandelte. »Wenn Sie mich entschuldigen, die Wych Street war eine schmale Gasse hinter dem alten Globe Theatre, die an der Kirche vorbeiführte.«

»Nein, ich weiß, wovon ich spreche«, knurrte Meadows.

Mrs Dawes' hohes nasales Wimmern brach dazwischen:

»Hallo, Mr. Booth, Sie kennen sich hier aus. Wo war die Wych Street?«

Mr Booth, der Inhaber, polierte gerade einen Zapfhahn. Er schaute auf.

»Wych Street? Ja, natürlich kenne ich die Wych Street. Ich war früher mit ein paar Jungs dort, als ich noch in Covent Garden wohnte. Sie lag im rechten Winkel zum Strand, gleich östlich der Wellington Street.«

»Nein, da war sie nicht«, meinte er dann. »Sie war entlang des 'Strand', bevor man zur Wellington Street kommt.«

Der farbige Mann beteiligte sich nicht an der Diskussion, da ihm eine Straße und eine Stadt gleich waren, sofern er die materiellen Annehmlichkeiten finden konnte, die ihm am Herzen lagen. Die anderen führten jedoch die Diskussion mit einer gewissen Schärfe weiter.

Noch bevor es zu einer Einigung gekommen war, betraten drei weitere Männer die Bar. Der schnelle Blick von Meadows erkannte sie sofort als drei Mitglieder des damals so genannten 'Galgenrings'. Jedes Mitglied des 'Galgenrings' hatte seine Zeit abgesessen, aber sie betrieben immer noch ein lukratives Geschäft, das sich mit Erpressung, Einschüchterung, Ladendiebstahl und einigen der niederen Freizeitbeschäftigungen befasste. Ihr Anführer, Ben Orming, hatte sieben Jahre gesessen, weil er einen Chinesen in Rotherhithe niedergeschlagen hatte. Ansonsten war der 'Galgenring' in Wapping nicht besonders beliebt, weil viele seiner Schandtaten der eigenen Gesellschaftsschicht zugefügt worden waren.

Als es sich Meadows und Harry Jones in den Kopf gesetzt hatten, ein wenig zu amüsieren, nahmen sie den möglichen Ärger auf sich, der sie im West-End erwarten würde.

Sie hielten den 'Galgenring' für eine ungalante Bande, behandelten sie jedoch stets mit einer gewissen äußerlichen Ehrerbietung – ein unangenehmer Haufen, mit dem man sich nicht streiten sollte.

Ben Orming bestellte Bier für alle drei. Sie lehnten sich an die Theke und tuschelten mit mürrischen Stimmen; offensichtlich war etwas beim Ring schiefgelaufen, und Mrs Dawes Stimme jammerte weiter über das allgemeine Getöse an der Bar hinweg. Plötzlich sagte sie:

»Ben, Sie alter heißer Teufel. Wir hatten gerade so eine heftige Diskussion. Wo war die Wych Street?«

Ben sah sie finster an, und sie fuhr fort:

»Manche sagen, sie war an einem Ort, manche sagen, es war ein anderer. Ich weiß aber, wo sie war, denn meine Tante, die an Blutvergiftung gestorben ist, nachdem sie Hummerkonserven gegessen hatte, arbeitete in einem Korsettladen – «

»Doch«, bellte Ben mit Nachdruck. »Ich weiß, wo die Wych Street war – sie lag direkt hinter dem Fluss, bevor man zur Waterloo Station gekommen ist.«

In diesem Moment meldete sich der Farbige zu Wort, der sich bis zu diesem Zeitpunkt nicht an der Diskussion beteiligt hatte.

»Nein, du liegst völlig falsch, Boss. Die Wych Street war neben der Kirche, dort, wo der Strand eine Seitenlinie nach Westen nimmt.«

Ben drehte sich wütend zu ihm um.

»Was zum Teufel weiß ein kleiner Nigger schon davon? Ich hab dir doch gesagt, wo die Wych Street ist.«

»Ja, und ich weiß, wo sie wirklich war«, warf Meadows ein.

»Ihr liegt beide daneben. Die Wych Street war eine Abzweigung, die von Long Acre in die Wellington Street führte.«

»Ich habe dich nicht gefragt, was du denkst« knurrte Ben.

»Nun, ich nehme an, ich habe ein Recht auf eine Meinung?«

»Du glaubst wirklich immer, du weißt alles und kannst einfach nicht deinen Mund halten.«

»Mir den zu verbieten, bräuchte es mehr als dich.«

Mr Booth hielt es in diesem Moment für ratsam, über die Theke zu grölen:

»Also, meine Herren, keinen Streit – bitte!«

Ohne Mrs Dawes hätte sich die Angelegenheit zu diesem Zeitpunkt vielleicht erledigt. Ihre Gefühle über den Tod der alten Dame auf der Straße waren aber so aufgewühlt, dass sie fast unbewusst zu viel Gin getrunken hatte. Plötzlich schrie sie auf:

»Lassen dir nichts von ihm bieten, Mr 'Medders' [Meadows]. Dieser dreckige, diebische Teufel denkt immer, er wird es allen zeigen.«

Sie stand drohend auf, und einer von Bens Helfern gab ihr von hinten einen sanften Stoß.

Innerhalb von drei Minuten befand sich die Bar in einem völligen Chaos. Die drei Mitglieder des 'Galgenrings' kämpften gegen zwei Männer und eine Frau, und Mr Dawes stand nur in einer Ecke und schrie:

»Nicht doch! Nicht doch!«

Mrs Dawes stach dem Mann, der sie gestoßen hatte, mit einer Hutnadel ins Handgelenk. Meadows und Ben Orming gingen aufeinander los und kämpften wild mit den bloßen Fäusten. Durch einen glücklichen Schlag zu Beginn des Kampfes wurde Meadows gegen die Wand geschleudert, und Blut floss an seiner Schläfe herab. Dann schleuderte der Farbige einen Zinnkrug direkt auf Ben, der ihn am Knöchel traf. Der Schmerz brachte ihn zur Raserei. Sein anderer Unterstützer hatte sich sofort mit Harry Jones angelegt, nahm einen der hohen Hocker und ließ ihn bei der Gelegenheit auf den Schädel des Farbigen fallen.

Die ganze Angelegenheit war eine Sache von Minuten. Mr Booth brüllte auf der Straße herum. Eine Trillerpfeife ertönte. Die Leute rannten in alle Richtungen.

»Haut ab! Haut ab, um Himmels willen!«, rief der Mann, dem man ins Handgelenk gestochen hatte. Sein Gesicht war sehr blass, und er war offensichtlich kurz davor, in Ohnmacht zu fallen.

Ben und der andere Mann, dessen Name Toller war, rannten zur Tür.

Auf dem Bürgersteig herrschte ein wirres Durcheinander. Es wurden wahllos Schläge ausgeteilt.

Dann tauchten zwei Polizisten auf. Einer wurde durch einen Tritt von Toller gegen die Kniescheibe außer Gefecht gesetzt.

Die beiden Männer flüchteten in die Dunkelheit, gefolgt von einem lauten Geschrei. Da sie in der Gegend geboren und aufgewachsen waren, nutzten sie ihre Ortskenntnis voll aus. Sie schlugen sich durch Gassen, rannten durch dunkle Gänge und kletterten über Mauern.

Zu ihrem Glück flüchteten die Leute, an denen sie vorbeikamen und die ihnen vielleicht ein Bein gestellt oder den anderen bei der Verfolgung geholfen hätten, einfach in die Häuser. Die Menschen in Wapping sind nicht immer auf der Seite des Verfolgers.

Aber die Polizei blieb dran. Schließlich schlüpften Ben und Toller durch die Tür eines leeren Hauses in der Aztec Street, kaum zehn Meter vor ihrem nächsten Verfolger. Es donnerten Schläge gegen die Tür, aber sie schoben die Riegel vor und fielen dann keuchend zu Boden.

Als Ben wieder sprechen konnte, sagte er:

»Wenn sie uns schnappen, werden wir am Galgen pendeln.«

»Wurde der Schwarze getötet?«

»Ich glaube schon. Aber selbst wenn nicht, gibt es da noch die andere Sache von vorgestern Abend. Das Spiel ist aus.«

Die Zimmer im Erdgeschoss waren verriegelt und verrammelt und sie wussten, dass die Polizei wahrscheinlich die Eingangstür aufbrechen würde.

Auf der Rückseite gab es keinen Ausweg, nur einen schmalen Stallhof, in dem man bereits die Laternen blinken sah.

Das Dach reichte nur dreißig Meter in beide Richtungen, und die Polizei würde es wahrscheinlich in Besitz nehmen.

Sie machten einen Rundgang durch das Haus, das nur spärlich eingerichtet war. Es gab ein Brot, ein kleines Stück Hammelfleisch, eine Flasche Essiggurken und – der wertvollste Besitz – drei Flaschen Whisky.

Jeder Mann trank ein halbes Glas Whisky, dann sagte Ben:

»Wir werden sie schon eine Weile ruhig halten können«, und er holte eine alte Kaliber-12 Schrotflinte und eine Schachtel mit Patronen. Toller war gegen diesen letzten verzweifelten Ausweg, aber Ben murmelte weiter:

»Wir werden sowieso baumeln.«

Und so begann die berüchtigte Belagerung der Aztek Street; sie dauerte drei Tage und vier Nächte.

Vielleicht erinnert sich der Leser daran, dass Unterinspektor Wraithe von der V. Division durch einen Schuss in die Brust getötet wurde, als er eine Scheibe der Eingangstür aufbrach.

Die Polizei versuchte dann andere Methoden.

Ein Wasserschlauch wurde ohne Erfolg eingesetzt. Zwei weitere Polizisten wurden getötet und vier verwundet, das Militär wurde angefordert, die Straße wurde abgesperrt, Scharfschützen besetzten die Fenster der gegenüberliegenden Häuser.

Schließlich fuhr ein hochrangiges Mitglied des Kabinetts in einem Automobil vor und leitete mit einem Zylinder auf dem Kopf die Aktion.

Es war der Einsatz von Giftgas, der letztlich zum Untergang der Festung führte.

Die Leiche von Ben Orming wurde nie gefunden, aber die von Toller wurde in der Nähe der Eingangstür mit einer Kugel im Herzen entdeckt.

Der Gerichtsmediziner stellte fest, dass der Mann seit drei Tagen tot war. Ob er aber durch eine zufällige Kugel eines Scharfschützen oder absichtlich von seinem Verbrecherkameraden getötet wurde, hatte man nie erfahren, denn als das Ende kam, hatte Orming offenbar einen letzten gehässigen Akt geplant.

Es war bekannt, dass im Keller eine beträchtliche Menge Benzin gelagert worden war. Der Inhalt war wahrscheinlich sorgfältig auf die brennbarsten Materialien in den oberen Räumen verteilt worden. Das Feuer brach aus, wie ein Zeuge es beschrieb, 'fast wie eine Explosion'. Orming muss dabei umgekommen sein.

Das Dach ging in Flammen auf, und die Funken flogen über den Hof und entzündeten einen Stapel von hellen Hölzern im Nebengebäude der Klavierfabrik der Firma Morrel.

Die Fabrik und zwei Wohnblocks brannten bis auf die Grundmauern nieder. Die Kosten für die Zerstörung wurden auf einhundertachtzigtausend Pfund geschätzt, und die Zahl der Opfer belief sich auf sieben Tote und fünfzehn Verwundete.

Bei der Untersuchung, die unter der Leitung von Oberrichter Pengammon stattfand, wurden verschiedene merkwürdige und interessante Fakten aufgedeckt. Mr Lowes-Parlby, der brillante junge Kings Counsel [Vertreter der Krone], zeichnete sich durch sein gründliches Kreuzverhör vieler Zeugen aus. An einem Punkt wurde eine gewisse Mrs Dawes in den Zeugenstand gerufen.

»Nun«, sagte Mr Lowes-Parlby, »ich habe gehört, dass Sie, Mrs Dawes, sowie die Opfer und die anderen erwähnten Personen, an dem fraglichen Abend die zweifellos ausgezeichnete Gastfreundschaft in der Bachzelzen-Bar genossen und eine freundliche Diskussion führten. Ist das so?«

»Ja, Sir.«

»Würden Sie seiner Lordschaft nun sagen, worüber Sie gesprochen haben?«

»Krankheiten, Sir.«

»Was, Krankheiten? Und wurde der Streit dann erbittert?«

»Wie bitte?«

»Gab es einen ernsthaften Streit über Krankheiten?«

»Nein, Sir.«

»Worum ging es denn dann?«

»Wir haben uns darüber gestritten, wo die Wych Street liegt, Sir.«

»Wie war das?«, fragte seine Lordschaft.

»Die Zeugin sagt, eure Lordschaft, dass sie sich darüber gestritten haben, wo die Wych Street liegt.«

»Wych Street? Meinen Sie W-Y-C-H?«

»Ja, Sir.«

»Sie meinen die schmale alte Straße, die früher über das Gelände des heutigen Gaiety Theatre führte?«

Mr Lowes-Parlby lächelte auf seine charmante Art.

»Ja, eure Lordschaft, ich glaube, die Zeugin bezieht sich auf dieselbe Straße, die Sie erwähnen, obwohl, wenn ich die Beschreibung der Örtlichkeit durch Ihre Lordschaft einschränken darf, ich vorschlagen möchte, dass sie etwas weiter östlich verlief – auf der Seite des alten Globe Theatre das an 'St. Martin's in the Strand' angrenzte. Das ist doch die Straße, über die Sie sich gestritten haben, nicht wahr, Mrs Dawes?«

»Nun, Sir, meine Tante, die am Verzehr von Hummerkonserven gestorben ist, hat dort in einem Korsettladen gearbeitet. Ich sollte es wissen.«

Seine Lordschaft ignorierte die Zeugin. Er wandte sich etwas mürrisch an den Council.

»Mr Lowes-Parlby, als ich in Ihrem Alter war, ging ich jeden Tag meines Lebens durch die Wych Street. Das habe ich fast zwölf

Jahre lang getan. Ich denke, es ist kaum nötig, dass Sie mir widersprechen.«

Der Council verbeugte sich. Es stand ihm nicht zu, mit dem Oberrichter zu streiten, auch wenn dieser ein hoffnungsloser alter Narr war; aber ein anderer angesehener King's Council, ein älterer Mann mit gelbbraunem Bart, erhob sich aus der Mitte des Gerichts und sagte:

»Wenn Sie mir gestatten, Eure Lordschaft, so habe auch ich einen großen Teil meiner Jugend in der Wych Street verbracht. Ich habe mich mit der Angelegenheit befasst und frühere und aktuelle Vermessungskarten verglichen. Wenn ich mich nicht irre, begann die Straße, auf die sich der Zeuge bezog, in der Nähe des Zaunes am Eingang zum Kingsway und endete an der Rückseite des heutigen Aldwych Theatre.«

»Oh nein, Mr Backer!«, rief Lowes-Parlby aus.

Seine Lordschaft nahm seine Brille ab und schnappte nach Luft:

»Die Angelegenheit ist für den Fall völlig irrelevant.«

Das war sie in der Tat auch, aber der kurze verbale Waffengang hinterließ einen unangenehmen Beigeschmack von Bitterkeit.

Es war zu beobachten, dass Mr Lowes-Parlby sein Kreuzverhör nie wieder ganz so gut im Griff hatte wie bei den früheren Zeugen.

Der Farbige, Harry Jones, war im Krankenhaus gestorben, und Mr Booth, der Besitzer der *Bachstelze*, Baldwin Meadows, Mr Dawes und der Mann, dem ins Handgelenk gestochen worden war, sagten allesamt eher dürftig aus.

Lowes-Parlby konnte damit nichts anfangen. Die Ergebnisse dieser Sonderuntersuchung sind für uns nicht von Belang. Es genügt, zu sagen, dass die bereits erwähnten Zeugen alle nach Wapping zurückkehrten. Der Mann, dem eine Hutnadel durch das Handgelenk gestochen worden war, hielt es nicht für ratsam, etwas gegen Mrs Dawes zu unternehmen. Er war angenehm erleichtert, als er feststellte, dass er nur als Zeuge einer aus dem Ruder gelaufenen Diskussion gebraucht wurde.

Nach ein paar Wochen war die große Belagerung der Aztec Street für die meisten Londoner nur noch eine abenteuerliche Erinnerung, aber für Mr Lowes-Parlby war der kleine Disput mit dem Oberrichter Pengammon ziemlich nervtötend.

Es ist ärgerlich, öffentlich brüskiert zu werden, wenn man eine Bemerkung gemacht hat, von der man weiß, dass sie absolut wahr ist und sich dabei sogar die Mühe gemacht hat, sie zu überprüfen, und Lowes-Parlby war überdies ein junger Mann, der es gewohnt war, zu punkten.

Er legte Wert darauf, alles nachzuschlagen, sich auf einen Gegner gründlich vorzubereiten. Er liebte es, den Anschein zu erwecken, alles zu wissen.

Die glänzende Karriere, die vor ihm lag, blendete ihn manchmal. Er war einer der Lieblinge der Götter. Alles kam zu Lowes-Parlby. Sein Vater hatte sich vor ihm als Anwalt ausgezeichnet und ein bescheidenes Vermögen angehäuft. Er war sein einziges Kind.

In Oxford hatte er alle möglichen Abschlüsse erlangt. Er war bereits für hohe politische Ämter im Gespräch.

Doch das funkelndste Juwel in der Krone seiner Erfolge war Lady Adela Charters, die Tochter von Lord Vermeer, dem Außenminister. Sie war seine Verlobte und galt als die glänzendste Verbindung der Saison. Sie war jung und fast schon hübsch, und Lord Vermeer war ungeheuer wohlhabend und einer der einflussreichsten Männer Großbritanniens. Eine solche Kombination war unübertrefflich. Es schien im Leben von Francis Lowes-Parlby, dem King's Council, an nichts zu fehlen.

Einer der regelmäßigsten und aufmerksamsten Zuschauer bei den Ermittlungen in der Aztec Street war der alte Stephen Garrit.

Stephen Garrit hatte eine einzigartige, aber recht unauffällige Position in der juristischen Welt jener Zeit inne. Er war ein Freund von Richtern, ein Spezialist für verschiedene abstruse juristische Entscheidungen, ein Mann mit einem bemerkenswerten Gedächtnis und dennoch – nur ein Amateur.

Er war nie krank, hatte aber dennoch nie an den üblichen Zusammenkünften teilgenommen, nie in seinem Leben eine Prüfung abgelegt; aber das Beweisrecht war ihn Fleisch und Blut übergegangen.

Er verbrachte sein Leben im Tempel [Bezirk in London], wo er seine Gemächer hatte. Einige der bedeutendsten Anwälte der Welt holten sich seine Meinung ein oder kamen zu ihm, um ihn um Rat zu fragen. Er war sehr alt, sehr schweigsam und sehr vertieft. Er hatte an jeder Sitzung der Untersuchung des Aztek Street Falls teilgenommen, aber von Anfang bis Ende hatte er nie eine Meinung dazu abgegeben.

Nachdem die Untersuchung abgeschlossen war, besuchte er einen alten Freund im Londoner Vermessungsamt. Er verbrachte zwei Vormittage damit, Karten zu studieren. Danach verbrachte er weitere zwei Vormittage damit, sich am Strand, am Kingsway und am Aldwych umzusehen; dann führte er einige sorgfältige Berechnungen auf einer Maßstabskarte durch.

Penibel trug er die Ergebnisse seiner Nachforschungen in ein kleines Buch ein, das er für solche Zwecke aufbewahrte, und zog sich dann in seine Gemächer zurück, um andere Dinge zu studieren. Zuvor schrieb er jedoch noch ein kleines Zitat in ein anderes Buch, in dem er offensichtlich eine Zusammenfassung seiner juristischen Erfahrungen niederschreiben wollte.

Der Satz lautete:

'Das Grundproblem ist, dass die Menschen Aussagen machen, ohne genügend Daten und Fakten zu haben.'

Der alte Stephen hätte in dieser Geschichte gar nicht auftauchen müssen, wenn man davon absieht, dass er beim Abendessen bei Lord Vermeer anwesend war, wo sich ein ziemlich bedauerlicher Vorfall ereignete. Und Sie müssen zugeben, dass es unter diesen Umständen nützlich ist, einen so wertvollen und effizienten Zeugen zu haben.

Lord Vermeer war ein kompetenter, energischer Mann, ein wenig aufbrausend und selbstherrlich. Er stammte aus Lancashire und hatte, bevor er in die Politik ging, ein enormes Vermögen mit Borax, Kunstdünger und Stärke gemacht.

Es handelte sich um eine kleine Dinnerparty, hinter der sich ein Motiv verbarg. Sein Hauptgast war Mr Sandeman, der Londoner Agent des Emirs von Bakkan.

Lord Vermeer war sehr darauf bedacht, Mr Sandeman zu beeindrucken und sich mit ihm anzufreunden. Die Gründe dafür werden wir später erfahren.

Mr Sandeman war ein bekennender Kosmopolit. Er sprach sieben Sprachen und behauptete, in jeder europäischen Hauptstadt gleichermaßen zu Hause zu sein. London war seit über zwanzig Jahren sein Hauptquartier.

Eingeladen hatte Lord Vermeer auch Mr Arthur Toombs, einen Kabinettskollegen, seinen zukünftigen Schwiegersohn und King's Council Lowes-Parlby, James Trolley, einen sehr zahmen sozialistischen Abgeordneten, und Sir Henry und Lady Breyd, wobei die beiden Letzteren nicht eingeladen wurden, weil Sir Henry von Nutzen gewesen wäre, sondern weil Lady Breyd eine hübsche und brillante Frau war, die seinen Hauptgast amüsieren könnte. Der sechste Gast war Stephen Garrit.

Das Abendessen war ein großer Erfolg. Als die Abfolge der Gänge schließlich zu Ende war und die Damen sich zurückgezogen hatten, führte Lord Vermeer seine männlichen Gäste für eine zehnminütige Zigarettenpause in einen anderen Raum, bevor er sich wieder zu ihnen gesellte. In diesem Moment kam es zu dem unglücklichen Zwischenfall.

Zwischen Lowes-Parlby und Mr Sandeman hatte sich keine Sympathie entwickelt. Es ist schwierig, den wahren Grund für ihre gegenseitige Feindseligkeit zu finden, aber bei den verschiedenen Gelegenheiten, bei denen sie sich getroffen hatten, gab es immer ein unvermeidlich hämisches Wortgeplänkel.

Sie waren beide klug, beide verhältnismäßig jung, jeder ein wenig misstrauisch und eifersüchtig auf den anderen; außerdem hieß es in manchen Kreisen, dass Mr Sandeman selbst Absichten in Bezug auf Lord Vermeers Tochter gehabt hatte, dass er kurz vor einem Antrag gestanden habe, als Lowes-Parlby sich eingemischt und ihm zuvorgekommen sei.

Mr Sandeman hatte gut zu Abend gegessen und war in der Stimmung, mit seinem vielfältigen Wissen und seinen Erfahrungen zu glänzen. Das Gespräch schweifte von einer Diskussion über die rivalisierenden Ansprüche großer Städte zu der langsamen, unvermeidlichen Beseitigung alter Landmarken.

Zwischen Lowes-Parlby und Mr Sandeman hatte es dabei eine fast erbitterte Meinungsverschiedenheit über die Ansprüche von Budapest und Lissabon gegeben, und Mr Sandeman hatte gepunktet, weil er seinem Rivalen eine Aussage entlockt hatte, dass er zwar zwei Monate in Budapest, aber nur zwei Tage in Lissabon verbracht hatte. Mr Sandeman hatte vier Jahre lang in beiden Städten gelebt.

Lowes-Parlby wechselte abrupt das Thema.

»Apropos Landmarken«, sagte er, »bei der Untersuchung der Aztec Street kam es zu einem merkwürdigen Punkt. Der ursprüngliche Streit entstand aufgrund einer Diskussion zwischen einer Gruppe von Leuten in einer Kneipe darüber, wo die Wych Street gewesen war.«

»Ich erinnere mich«, sagte Lord Vermeer. »Eine völlig absurde Diskussion. Ich hätte gedacht, dass jeder Mann über vierzig noch genau weiß, wo sie war.«

»Wo, würden Sie sagen, war sie, Sir?«, fragte Lowes-Parlby.

»Nun, ich bin mir sicher, sie begann an der Ecke der Chancery Lane und endete an der zweiten Abzweigung nach den Law Courts in westlicher Richtung.«

Lowes-Parlby wollte gerade etwas erwidern, als Mr Sandeman sich räusperte und mit seiner hochmütigen, öligen Stimme sagte:

»Verzeihen Sie, eure Lordschaft. Ich kenne mein Paris und Wien und Lissabon in- und auswendig, aber ich betrachte London als meine Heimat. Ich kenne mein London sogar noch besser. Ich erinnere mich noch ganz genau an die Wych Street. Als ich Student war, besuchte ich sie, um Bücher zu kaufen. Sie verlief parallel zur New Oxford Street auf der Südseite, genau zwischen ihr und den Lincoln's Inn Fields.«

Diese Behauptung hatte etwas, das Lowes-Parlby wütend machte. Erstens war sie so hoffnungslos falsch und in so unerträglicher Weise behauptet. Zweitens litt er bereits unter der Demütigung, wegen Lissabon so vorgeführt worden zu sein.

Und dann kam ihm plötzlich der unglückselige Vorfall in den Sinn, dass er von Richter Pengammon in genau demselben Punkt öffentlich brüskiert worden war; und er wusste, dass er jedes Mal recht hatte.

Verdammte Wych Street! Er wandte sich an Mr Sandeman.

»Ach, Unsinn! Sie wissen vielleicht etwas über diese – diese ausländischen Städte, aber Sie wissen ganz sicher nichts über London, wenn Sie so eine Behauptung aufstellen. Die Wych Street lag etwas weiter östlich von dem, was heute das Gaiety Theatre ist. Sie verlief früher an der Seite des alten Globe Theatre, parallel zum Strand.«

Der dunkle Schnurrbart von Mr Sandeman schoss nach oben und enthüllte eine schmale Linie gelber Zähne. Er stieß einen Laut aus, der eine Mischung aus Verachtung und Spott war; dann sagte er affektiert:

»Wirklich? Wie wunderbar, ein so umfassendes Wissen zu haben!« Er lachte, und seine kleinen Augen fixierten seinen Rivalen.

Lowes-Parlby errötete tiefrot. Er schluckte ein halbes Glas Portwein hinunter und murmelte knapp über einem Flüsterton: »Verdammte Frechheit!«

Dann wandte er Sandeman den Rücken zu, auf die unhöflichste Art und Weise, die er an den Tag legen konnte, und verließ den Raum.

In der Gesellschaft von Adela versuchte er, den kleinen Zwischenfall zu vergessen. Die ganze Sache war so absurd, so unwürdig. Als ob er das nicht wüsste! Es war die kleine Anhäufung von Nadelstichen, die alle aus diesem einen Streit resultierten. Das Ergebnis hatte ihn plötzlich dazu getrieben – nun ja, unhöflich zu sein, um es mal so zu sagen.

Es war nicht so, dass Sandeman eine Rolle spielte. Zum Teufel mit Sandeman! Aber was würde sein zukünftiger Schwiegervater denken? Noch nie hatte er sich vor ihm in irgendeiner Weise schlecht gelaunt gezeigt. Er zwang sich zu einer ziemlich albernen Heiterkeit.

Adela war bester Laune. Sie würden in den kommenden Tagen viel Spaß miteinander haben. Ihr fast hübsches, nicht allzu kluges Gesicht war von kätzchenhafter Freude gezeichnet.

Das Leben war für sie ein riesiger Spaß. Sie erwarteten Toccata, die berühmte Opernsängerin. Sie war für ein sehr hohes Honorar aus Covent Garden engagiert worden.

Mr Sandeman war sehr musikbegeistert. Adela lachte nur und diskutierte darüber, was das ehrenvollste Amt für den großen Sandeman sei, das er übernehmen könnte.

Da überkam Lowes-Parlby ein plötzliches, unvermitteltes Unbehagen. Was für eine Frau würde sie für ihn sein, wenn sie nicht nur herumalbern würden?

Er verwarf den neugierigen, verstohlenen kleinen Stich des Zweifels sofort wieder. Die prächtigen Proportionen des Raumes beruhigten seine Sinne. Eine riesige Schale mit dunkelroten Rosen belebte seine Wahrnehmung. Seine Karriere –

Die Tür öffnete sich. Aber es war nicht die Toccata. Es war einer der Lakaien des Hauses. Lowes-Parlby drehte sich wieder zu seiner Geliebten um.

»Entschuldigen Sie, Sir. Seine Lordschaft bittet Sie, zu ihm in die Bibliothek zu kommen.«

Lowes-Parlby betrachtete den Boten, und sein Herz schlug schneller. Eine unkontrollierbare Vorahnung des Bösen zerrte an seinem Nervenkostüm.

Irgendetwas war schief gelaufen, und doch war die ganze Sache so absurd, so trivial. Wenn es ernst werden würde – nun, er konnte sich immer noch entschuldigen.

Er lächelte Adela zuversichtlich an und sagte:

»Aber natürlich, mit Vergnügen. Bitte entschuldige mich, meine Liebe.«

Er folgte dem beeindruckenden Diener aus dem Zimmer, doch kaum hatte sein Fuß den Teppich der Bibliothek berührt, wurde ihm klar, dass sich seine schlimmsten Befürchtungen bewahrheiten sollten.

Einen Moment lang dachte er, Lord Vermeer sei allein, dann erblickte er den alten Stephen Garrit, der in einem Sessel in der Ecke hockte, wie ein Stück zerknülltes Pergament. Lord Vermeer drückte sich nicht lange um die Sache herum. Als die Tür geschlossen war, brüllte er wütend los: »Was, zum Teufel, haben Sie getan?«

»Verzeihen Sie, Sir. Ich fürchte, ich verstehe nicht ganz. Ist es wegen Sandeman – «

»Ja, Sandeman ist weg.«

»Oh, das tut mir leid.«

»Tut Ihnen leid! Bei Gott, ich sollte meinen, dass es Ihnen leidtut! Sie haben ihn beleidigt. Mein zukünftiger Schwiegersohn hat ihn in meinem eigenen Haus beleidigt!«

»Es tut mir furchtbar leid. Ich habe nicht bemerkt – «

»Bemerkt! Setzen Sie sich und glauben Sie nicht für einen Moment lang, dass Sie weiterhin mein zukünftiger Schwiegersohn sind. Ihre Beleidigung war eine unerträgliche Frechheit, nicht nur für ihn, sondern auch für mich.«

»Aber ich – «

»Hören Sie mir zu. Wissen Sie, dass die Regierung kurz davor stand, einen sehr weitreichenden Vertrag mit diesem Mann abzuschließen? Wissen Sie, dass die Lage sehr riskant ist?

Die Zugeständnisse, die wir bereit waren, zu machen, hätten den Staat dreißig Millionen Pfund gekostet, und das wäre billig gewesen. Haben Sie gehört? Es wäre billig gewesen!«

»Bakkan ist einer der verwundbarsten Außenposten des Reiches. Es ist eine schreckliche Gefahrenzone. Wenn gewisse Mächte unsere Autorität an sich reißen können – und, wohlgemerkt, der ganze verfluchte Ort ist bereits von dieser neuen verderblichen Doktrin durchsetzt – Sie wissen, was ich meine – wird der ganze Osten in Flammen stehen, bevor wir wissen, wo wir sind.«

»Indien! Mein Gott! Der Vertrag, den wir ausgehandelt haben, hätte diesem Vorstoß entgegengewirkt. Und Sie, Sie Schwachkopf, Sie kommen hierher und beleidigen den Mann, von dessen Wort alles abhängt.«

»Ich kann wirklich nicht sehen, Sir, wie ich das alles wissen sollte.«

»Sie können es nicht sehen! Aber, Sie Narr, Sie schienen sich einen Spaß daraus gemacht zu haben. Sie haben ihn wegen der kleinsten Kleinigkeit beleidigt – in meinem Haus!«

»Er sagte, er wisse, wo die Wych Street sei. Er hat sich geirrt. Ich habe ihn korrigiert.«

»Wych Street! Wych Street soll verdammt sein! Wenn er gesagt hat, dass die Wych Street auf dem Mond liegt, hätten Sie ihm zustimmen müssen. Es gab keinen Grund, so zu handeln, wie Sie es getan haben. Und Sie – Sie denken daran, in die Politik zu gehen!«

Der etwas zynische Unterton dieser Bemerkung blieb unbemerkt. Lowes-Parlby war zu entnervt. Er murmelte:

»Es tut mir sehr leid.«

»Ich will Ihr Leid nicht. Ich will etwas Praktischeres.«

»Und was ist das, Sir?«

»Sie werden direkt zu Mr Sandeman fahren, ihn aufsuchen und sich entschuldigen. Sagen Sie ihm, dass Sie finden, dass er mit der Wych Street doch recht hatte. Wenn Sie ihn heute Abend nicht finden können, müssen Sie ihn morgen früh finden. Ich gebe Ihnen bis morgen Mittag Zeit. Wenn Sie sich bis dahin nicht bei Mr Sandeman entschuldigt haben, werden Sie dieses Haus nicht mehr betreten und meine Tochter nicht mehr sehen. Außerdem werde ich meine ganze Kraft darauf verwenden, Sie aus dem von Ihnen entehrten Beruf zu jagen. Jetzt können Sie gehen.«

Benommen und erschüttert fuhr Lowes-Parlby zurück in seine Wohnung in Knightsbridge. Bevor er handeln würde, musste er Zeit zum Nachdenken haben. Lord Vermeer hatte ihm eine Frist bis morgen Mittag gegeben. Wenn er sich entschuldigen wollte, sollte er dies erst nach einer Nacht des Nachdenkens tun.

Die grundlegenden Ziele seines Charakters sollten auf die Probe gestellt werden. Das wusste er. Er befand sich an einer großen Kreuzung. Irgendein tiefer Instinkt in ihm war zutiefst entrüstet. Kommt ein Punkt, an dem der Erfolg verlangt, dass ein Mann seine Seele verkauft?

Es war alles so absurd trivial – ein bloßer Streit über die Lage einer Straße, die es nicht mehr gab. Wie Lord Vermeer sagte, die Wych Street hat keine Bedeutung.

Natürlich sollte er sich entschuldigen. Es würde schrecklich wehtun, dies zu tun, aber würde ein Mann alles wegen eines kleinen Streits über eine Straße opfern?

In seinen eigenen Räumen schlüpfte Lowes-Parlby einen Morgenmantel, zündete sich eine Pfeife an und setzte sich vor das Feuer.

Er hätte in einem solchen Augenblick alles für Gesellschaft gegeben – die richtige Gesellschaft. Wie schön wäre es, eine Frau, genau die richtige Frau, zu haben, mit der er alles besprechen könnte; jemanden, der ihn verstand und mit ihm fühlte.

Plötzlich sah er Adelas Gesicht vor sich, wie sie über den bevorstehenden Besuch von La Toccata grinste, und wieder flüsterte die leise Stimme der Besorgnis in seinen Ohren.

Würde Adela genau die richtige Frau sein? Liebte er Adela in Wahrheit wirklich? Oder war das alles nur ein Spaß? War das Leben ein Spaß, ein Spiel, das von Anwälten, Politikern und Menschen gespielt wurde?

Das Feuer brannte schwach, aber er saß immer noch da und dachte nach, wobei sein Geist hauptsächlich mit den schillernden Visionen der Zukunft beschäftigt war. Es war schon nach Mitternacht, als er plötzlich ein leises 'Verdammt!' murmelte und zur Kommode ging.

Er nahm einen Stift zur Hand und schrieb:

'Lieber Mr Sandeman, ich muss mich für mein unhöfliches Verhalten gestern Abend entschuldigen. Das war ganz unverzeihlich von mir, zumal ich jetzt, wo ich der Sache nachgehe, feststelle, dass Sie mit der Lage der Wych Street völlig recht hatten. Ich kann mir nicht vorstellen, wie ich mich so habe irren können. Bitte verzeihen Sie mir.'

'Hochachtungsvoll,

FRANCIS LOWES-PARLBY'

Nachdem er dies geschrieben hatte, seufzte er und ging zu Bett. Man hätte meinen können, dass die Angelegenheit damit erledigt sei. Aber es gibt kleine, gierige Dämonen des Gewissens, die man nur schwer zur Ruhe bringen kann, und sie hielten Lowes-Parlby mehr als die halbe Nacht wach.

Er sagte sich immer wieder: 'Das ist alles völlig absurd!' Aber die kleinen gierigen Dämonen tänzelten um das Bett herum und begannen, die Dinge in zwei fest Bereiche einzuteilen.

Auf der einen Seite der große Schein, auf der anderen Seite etwas, das hinter allem lag, etwas Tiefes, Grundlegendes, das nur mit einem Wort ausgedrückt werden konnte – Wahrheit.

Wenn er Adela wirklich geliebt hätte – wenn er nicht so absolut sicher wäre, dass Sandeman im Unrecht und er im Recht war – warum sollte er dann sagen, dass die Wych Street dort war, wo sie nicht war?

»Gibt es nicht doch«, sagte einer der kleinen Dämonen, »etwas, das größeres Glück bringt als Erfolg? Bekenne das, und wir lassen dich schlafen.«

Vielleicht ist das eine der stärksten Waffen, die die kleinen Dämonen besitzen. Wie voll unser Leben auch sein mag, wir sehnen uns immer nach Momenten der Zufriedenheit. Und das Gewissen hält uns einen Spiegel der höchsten Zufriedenheit vor Augen.

Lowes-Parlby war offenbar nicht er selbst. Der fröhliche, elegante und brillante Egoist wurde gequält, fast unkontrollierbar gequält; und das alles war offenbar durch die lächerliche Diskussion über eine Straße entstanden.

Um Viertel nach drei Uhr morgens erhob er sich stöhnend aus dem Bett, ging ins andere Zimmer und zerriss den Brief an Mr Sandeman in Stücke.

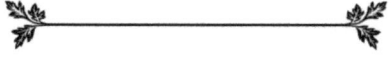

Drei Wochen später aß der alte Stephen Garrit mit dem Lord Oberrichter, dem obersten Mann in der Gerichtsbarkeit, zu Mittag. Sie waren alte Freunde, und sie machten sie nie die Mühe, viel zu sprechen.

Das Mittagessen war eine ausgezeichnete, aber sparsame Mahlzeit. Beide aßen langsam und bedächtig und tranken Wasser. Erst als sie den Nachtisch erreichten, gab seine Lordschaft einen sehr informativen Kommentar ab, und dann erzählte er Stephen die Einzelheiten eines kürzlichen Falles, in dem der Vorsitzende Richter seiner Meinung nach durch eine beispiellose Unvernunft das Beweisrecht falsch interpretiert hatte.

Stephen hörte mit gespannter Aufmerksamkeit zu. Er nahm zwei Haselnüsse aus der Silberschale und drehte sie nachdenklich um, ohne sie zu knacken.

Als seine Lordschaft seine Meinung vollständig dargelegt und eine Birne geschält hatte, murmelte Stephen: »Ich bin beeindruckt, sehr beeindruckt sogar. Selbst in meinem eigenen, eingeschränkten Bereich der Beobachtung – die Ansichten eines Außenstehenden, könnte man sagen – kommt es oft vor, dass eine Behauptung ohne ausreichend gesicherte Fakten Probleme verursacht. Ich habe gesehen, wie Leben verloren gingen, wie Ruin verursacht wurde, wie endloses Leid entstand.

Erst letzte Woche war ein junger Mann – eine brillante Karriere – fast am Boden zerstört. Menschen machen Aussagen, ohne – «

Er legte die Nüsse zurück auf die Schale und sagte dann plötzlich, in einer scheinbar belanglosen Art und Weise:

»Erinnern Sie sich an die Wych Street, eure Lordschaft?«

Der Lord Oberrichter grunzte.

»Wych Street! Natürlich erinnere ich mich.«

»Wo, würden Sie sagen, war das, eure Lordschaft?«

»Na, hier natürlich, ich zeige es Ihnen.«

Seine Lordschaft holte einen Bleistift aus der Tasche und skizzierte einen Plan auf dem Tischtuch.

»Früher verlief sie von dort nach hier.«

Stephen rückte seine Brille zurecht und betrachtete den Plan sorgfältig. Er ließ sich dabei viel Zeit, und als er fertig war, wanderte seine Hand instinktiv zu einer Brusttasche, in der er das Notizbuch mit den kleinen, karierten Seiten aufbewahrte, wo auch die Wych Street korrekt eingezeichnet war.

Doch dann hielt er inne und seufzte.

Warum sollte man sich mit dem Gesetz streiten? Das Gesetz war so eine Sache – eine hervorragende Sache, natürlich nicht unfehlbar (selbst der skizzierte Plan des Obersten Richters lag eine Viertelmeile daneben), aber dennoch eine hervorragende, eine wunderbare Sache. Er schaute auf die knochigen Knöchel seiner Hände und gähnte leicht.

»Erinnern Sie sich daran?«, drängte der Lord Oberrichter.

Stephen nickte weise, aber er ging allen weiteren Diskussionen aus dem Weg, und seine Stimme schien aus weiter Ferne zu kommen:

»Ja, ich erinnere mich daran, Mylord. Es war eine kleine melancholische Straße.«

Der Würfler

Der Hunger ist dann am schlimmsten Punkt, wenn er das körperliche Leiden auf die Spitze getrieben hat, ohne die geistigen Funktionen zu beeinträchtigen.

So erging es Silas Carringer, einem jungen Mann von ungewöhnlich hohem Temperament, als er sich in einer regnerischen Novembernacht als völlig Fremder in einer heruntergekommenen mexikanischen Stadt wiederfand.

In seinem Besitz befand sich nicht ein einziger Gegenstand, den er für einen Bissen Essen hätte verpfänden können.

Er hatte sich bereits jedes Fitzelchens Kleidung und anderer Dinge entledigt, bis auf die wenigen Sachen, die er aus einem angeborenen Sinn für die Zweckmäßigkeit der Dinge heraus behalten musste.

Zum Hunger kam nun auch noch die körperliche Auszehrung, und sein Elend war vollkommen.

Zufällig erwartete Silas Carringer in dieser Nacht in Mexiko ein außergewöhnliches Ereignis, sonst hätte er sich entweder innerhalb von vierundzwanzig Stunden im Fluss ertränkt oder wäre innerhalb von drei Tagen an einer Lungenentzündung gestorben.

Seit siebzig Stunden hatte er nichts mehr gegessen, und seine geistige Verzweiflung hatte ihn im Wettlauf mit seinen physischen Bedürfnissen so weit getrieben, dass er die letzten Kräfte seines ausgemergelten Körpers aufbrauchte.

Blass, schwach und schwankend suchte er Trost in den wohlschmeckenden Gerüchen, die aus den Kellerküchen der Restaurants in den Hauptstraßen strömten. Zum Betteln oder Stehlen fehlte ihm der Mut. Er war wie ein Gentleman erzogen worden und dementsprechend fehl am Platz in seiner jetzigen Welt.

Seine Zähne klapperten, unter seinen Augen zeigten sich dunkle, hässliche Linien. Er strauchelte, bückte sich und keuchte. Er war zu verzweifelt, um sein Schicksal zu verfluchen – er konnte sich nur nach Nahrung sehnen.

Er konnte nicht logisch denken. Er konnte sich nicht besinnen. Er konnte nicht verstehen, dass es nirgendwo mitleidige Hände gab, die ihm geholfen hätten. Er konnte nur an den Hunger denken, der ihn verzehrte, an die Nahrung, die ihm Wärme und ein wenig Glück geben konnte.

Er taumelte durch die Straßen und kam schließlich zu einem Restaurant, das etwas abseits der Hauptverkehrsstraßen lag. Er blieb vor dem Fenster stehen und starrte gierig auf die dicken, saftigen Steaks, um die herum große, fette, auf Eis liegenden Austern gruppiert waren. Er sah die Schinkenscheiben, die so groß wie sein Hut waren, die gebratenen Hühner, braun und bereit für den Tisch, und er knirschte mit den Zähnen, stöhnte und taumelte weiter.

Ein paar Schritte davon entfernt, gab es eine Kneipe. An einer Seite befand sich eine private Tür, auf der die Worte 'Familieneingang' gemalt waren. In der Nische der Tür, die geschlossen war, stand die dunkle Gestalt eines Mannes.

Trotz seiner eigenen Qualen sah Carringer im Gesicht des Fremden etwas, das ihn entsetzte, als das Straßenlicht darauf fiel; und doch war er gleichzeitig gebannt.

Vielleicht war es der unsagbare Schmerz in diesen Zügen, der an das Mitgefühl des hungernden Mannes appellierte, und er blieb unsicher an der Tür stehen und starrte den Fremden unvermittelt an.

Der Mann bemerkte ihn zunächst nicht, sondern schien mit einem seltsam starren Blick auf die Straße hinauszuschauen, und die totenähnliche Blässe seines Gesichts jagte einen Schauer durch Carringers Glieder, die schon fast zu Stein erstarrt waren.

Schließlich erblickte ihn der Fremde. »Ah«, sagte er langsam und mit eigentümlicher Klarheit, »der Regen hat auch Sie erwischt, ohne Mantel und Schirm. Stellen Sie sich hier an die Tür, da ist Platz für zwei.«

Die Stimme war nicht unfreundlich, obwohl sie seltsam rau klang. Es war das erste Wort, das an Carringer gerichtet wurde, seit der Hunger von ihm Besitz ergriffen hatte; und überhaupt angesprochen zu werden, machte ihm Mut.

So stellte er sich in der Tür neben den geheimnisvollen Fremden, der zugleich wieder in seinen starren Blick auf das Nichts auf der anderen Straßenseite zurückfiel.

»Es kann noch lange regnen«, sagte er, als er sich aufrichtete. »Mir ist kalt, und ich spüre, wie Sie zittern und bibbern. Lassen Sie uns hineingehen und etwas trinken.«

Er drehte sich um und öffnete die Tür. Carringer folgte ihm, die Hoffnung erwärmte langsam sein erkaltetes Herz.

Der bleiche Fremde ging voran auf dem Weg in eines der kleinen Privatabteile, mit denen das Lokal ausgestattet war. Bevor er sich setzte, holte er eine Rolle Geldscheine aus seiner Tasche.

»Sie sind jünger als ich«, sagte er zu Carringer. »Können Sie zur Bar gehen und eine Flasche Absinth kaufen, und bringen Sie auch einen Krug Wasser und ein paar Gläser mit? Ich mag es nicht, wenn die Kellner um mich herumlungern. Hier ist ein Zwanzigdollarschein.«

Carringer nahm das Geld und ging den Korridor entlang in Richtung Bar.

Ganz fest umklammerte er den plötzlichen Reichtum in seiner Hand. Es fühlte sich warm und angenehm an und verursachte ein köstliches Kribbeln in seinem Arm.

Für wie viele herrliche Mahlzeiten würde das Geld reichen? Er konnte ein imaginäres Steak riechen, gebraten, mit fetten Pilzen und geschmolzener Butter in der dampfenden Pfanne.

Dann hielt er inne und schaute verstohlen zurück zu der Stelle, an der er den Fremden zurückgelassen hatte. Warum sollte er sich nicht davonschleichen, solange er noch die Gelegenheit dazu hatte – weg von der Kneipe mit dem Geld und hin zu dem Restaurant, an dem er vor einer halben Stunde vorbeigekommen war, und etwas zu essen kaufen?

Es war riskant, aber –

Er zögerte, und der Feigling in ihm (man hätte ihn auch anders bezeichnen können) siegte. Er ging direkt zur Bar, wie der Fremde es verlangt hatte, und bestellte das alkoholische Getränk.

Sein Schritt wurde schwächer, als er in das Abteil zurückkehrte. Der Fremde saß an dem kleinen Tisch und starrte auf die gegenüberliegende Wand, so wie er vorher auf der anderen Straßenseite gestarrt hatte.

Er trug einen breitkrempigen Schlapphut, den er tief über die Augen gezogen hatte. Carringer konnte das Gesicht des Mannes nur vage ausmachen.

Erst nachdem Carringer die Flasche und die Gläser auf den Tisch gestellt und sich gegenüber hingesetzt hatte, bemerkte der Fremde seine Rückkehr.

»Oh, Sie haben es mitgebracht!«, rief er aus, ohne die Stimme zu erheben. »Wie nett von Ihnen. Schließen Sie jetzt bitte die Tür.«

Carringer zählte gerade das Wechselgeld aus seiner Tasche, als der Fremde ihn unterbrach. »Behalten Sie das«, sagte er. »Sie werden es brauchen, denn ich werde es auf eine Weise zurückgewinnen, die Sie interessieren könnte. Aber lassen Sie uns erst etwas trinken, dann erkläre ich es Ihnen.«

Er mischte zwei Drinks aus Absinth und Wasser, und die beiden Männer hoben ihre Gläser. Carringer hatte das Getränk noch nie zuvor gekostet, und es war ihm zunächst unangenehm, aber kaum war es seine Kehle hinuntergeflossen, spürte er wieder Wärme und ein köstliches Kribbeln.

Er hatte von den Absinthtrinkern in Paris gehört und wunderte sich nicht mehr über die tödliche Faszination des Getränks – nicht ahnend, dass seine extreme Schwäche und die Leere seines Magens ihn besonders anfällig für seine Wirkung machten.

[Absinth war dabei, auf der ganzen Welt verboten zu werden (seit 1998 in den meisten europäischen Ländern wieder erlaubt); in Frankreich ging man ab 1915 für die Destillation gar ins Gefängnis. Schuld war das in Verdacht geratene Nervengift Thujon, das bei Aufnahme in hoher Konzentration Verwirrtheit und epileptische Krämpfe auslösen kann. Es steckt im Wermut, Hauptbestandteil des Absinths. Neben einer euphorisierenden, berauschenden und anregenden Wirkung, kann Absinth zu einem gesteigerten Farbempfinden sowie – in größeren Mengen – zu physischen und psychischen Problemen führen, wie Halluzinationen, Krampfanfälle und bleibende Persönlichkeitsstörungen.

Gerne und reichlich getrunken wurde Absinth von Edgar Allan Poe, Oscar Wilde, Ernest Hemmingway, sowie den Malern Paul Gaugin oder Henry de Toulouse-Lautrec; Vincent van Gogh soll sich sein Ohr im Absinth-Rausch abgeschnitten haben.]

»Das wird uns guttun«, murmelte der Fremde und setzte sein Glas ab. »Wir werden noch mehr davon haben. Sagen Sie mir inzwischen, ob Sie wissen, wie man mit den Würfeln spielt.«

Carringer antwortete, er wisse es nicht.

»Ich hatte das schon befürchtet«, sagte der Fremde.

»Wie dem auch sei, gehen Sie bitte zur Bar und holen Sie einen Würfelkasten. Ich würde ja läuten«, erklärte er, als er Carringers Blick auf die Klingel sah, »aber ich will nicht, dass die Kellner hier ein- und ausgehen.«

Carringer brachte den Würfelkasten, schloss die Tür wieder sorgfältig, und das Spiel begann.

Es war keines der einfacheren Würfelspiele, sondern hatte Komplikationen, bei denen sowohl das Urteilsvermögen als auch der Zufall eine Rolle spielten. Nach ein paar Spielen ohne Einsatz sagte der Fremde:

»Sie haben es sehr schnell begriffen. Trotzdem werde ich Ihnen zeigen, dass Sie es nicht verstehen.«

»Wir werden um einen Dollar pro Spiel werfen, und auf diese Weise werde ich das Geld gewinnen, das Sie als Wechselgeld erhalten haben. Andernfalls würde ich Sie berauben, und ich kann mir vorstellen, dass Sie es sich nicht leisten können, zu verlieren.«

»Ich will Ihnen nicht zu nahe treten. Ich bin ein einfacher Mann, aber ich glaube an Ehrlichkeit vor Höflichkeit«, fuhr er fort.

Das Gesicht seines Gegenübers veränderte sich zu einem furchterregenden Grinsen:

»Ich möchte nur ein wenig Entspannung, und Sie sind so freundlich, dass Sie sicher nichts dagegen haben werden.«

»Im Gegenteil«, erwiderte Carringer höflich, »ich werde es genießen.«

»Nun gut, aber lassen Sie uns noch etwas trinken, bevor wir loslegen. Ich glaube, mir wird immer kälter.«

Sie tranken wieder.

Carringer nahm die Spirituose jetzt mit richtigem Genuss, denn es war wenigstens etwas in seinem Magen, und es wärmte und beruhigte ihn.

Dann begann das Spiel, und er gewann.

Der bleiche Fremde lächelte leise und eröffnete ein weiteres Spiel. Wieder gewann Carringer.

Dann schob der Fremde seinen Hut zurück und richtete seinen ruhigen Blick auf seinen Gegner, der immer noch lächelte. Carringer sah zum ersten Mal das ganze Gesicht des Mannes, und es entsetzte ihn.

Carringer hatte begonnen, sich eine gewisse Selbstbeherrschung und Gelassenheit anzueignen, und die Neuheit des Abenteuers begann vor den erneuten Fortschritten seines schrecklichen Hungers zu verblassen, als diese Offenbarung des Gesichts des Mannes ihn wieder in Verwirrung stürzte.

Es war der außergewöhnliche Gesichtsausdruck, der ihn beunruhigte. Noch nie hatte er auf dem Gesicht eines Lebewesens eine so kalte, todesähnliche Blässe gesehen. Die Züge waren mehr als nur blass. Sie waren grässlich wie sonnenloser Frost.

Carringers Beobachtungsgabe war durch den Absinth geschärft worden, und nachdem er den Fremden mehrmals dabei ertappt hatte, wie er geistesabwesend über einen Bart strich, der gar nicht existierte, überlegte er, dass ein Teil der Bleichheit des Gesichts wohl auf die kürzliche Rasur und Entfernung eines Vollbartes zurückzuführen sein könnte.

Die Augen waren schwarz, und seine Unterlippe war violett. Die Hände waren fein, weiß und dünn, und schwarze Adern zeichneten sich auf ihnen ab.

Nachdem er Carringer einige Augenblicke lang angestarrt hatte, zog der Fremde seinen Hut wieder über seine Augen.

»Sie haben Glück«, sagte er in Anspielung auf den Erfolg seines Gegenübers. »Versuchen wir noch einen Drink. Nichts schärft den Verstand eines Mannes so sehr wie Absinth, und ich sehe, dass Sie und ich ein herrliches Spiel haben werden.«

Nach der Einnahme des Getränks wurde das Spiel fortgesetzt.

Carringer gewann von Anfang an und verlor nur selten ein Spiel. Er war sehr aufgeregt. Seine Wangen färbten sich, und er vergaß seinen Hunger.

Bei dem Fremden erschöpfte sich die kleine Rolle mit den Scheinen, die er zuerst hervorgeholt hatte, und er zog eine andere mit einem viel größeren Betrag hervor. Es waren mehrere Tausend Dollar in dieser Rolle.

Rechts von Carringers lag sein Gewinn – etwa zweihundert Dollar. Die Einsätze wurden erhöht, und das Spiel ging weiter. Ein weiterer Drink wurde genommen und dann wendete sich das Glück dem Fremden zu; er begann leicht zu gewinnen.

Carringer war durch diese Rückschläge verärgert und fing an, mit all seinem Geschick und Urteilsvermögen zu spielen. Er übernahm wieder die Führung. Nur einmal kam ihm der Gedanke, was er mit dem Geld machen sollte, wenn er weiterhin gewann. Aber ein Gefühl der Ehre entschied für ihn, dass es eigentlich dem Fremden gehörte.

Als das Spiel weiterging, kehrte Carringers körperliches Leiden mit zunehmender Aggressivität zurück. Scharfe Schmerzen durchzuckten ihn, und er krümmte sich innerlich und knirschte vor Schmerz mit den Zähnen. Konnte er mit seinem Gewinn nicht ein Abendessen bestellen, fragte er sich? Nein, das kam natürlich nicht infrage.

Der Fremde bemerkte sein Leiden nicht, denn er war jetzt ganz in das Spiel vertieft. Er schien verwirrt und beunruhigt zu sein. Er spielte mit großer Sorgfalt und studierte jeden Wurf genau. Ihm entging kein einziges Wort. Die beiden Männer tranken, die Würfel klapperten weiter – und das Geld türmte sich mehr und mehr neben Carringer auf.

Plötzlich begann sich der blasse Fremde seltsam zu verhalten. Manchmal fuhr er auf, warf den Kopf zurück und lauschte aufmerksam. Seine Augen blitzten auf, dann sanken sie wieder in die Schwere zurück.

Carringer sah, wie mehrmals ein seltsamer Ausdruck über das Gesicht des Mannes glitt – ein Ausdruck grauenhaften Entsetzens, und die Gesichtszüge verzogen sich zu einer seltsamen Grimasse.

Er bemerkte auch, dass sein Begleiter immer tiefer in einen Zustand der Apathie versank.

Gelegentlich hob er jedoch nach einem glücklichen Wurf seinen Blick zu Carringers Gesicht und fixierte ihn mit einer Beständigkeit, die den hungernden Mann noch kälter werden ließ, als er es je zuvor gewesen war.

Dann kam der Zeitpunkt, an dem der Fremde eine weitere Rolle Geldscheine hervorholte und sich zu einer größeren Anstrengung aufraffte. Mit einer etwas undeutlichen, aber dennoch bedächtigen und sehr ruhigen Sprache wandte er sich an seinen jungen Gegner.

»Sie haben vierundsiebzigtausend Dollar gewonnen, und das ist genau der Betrag, den ich selbst noch habe. Wir spielen schon seit mehreren Stunden, und ich bin sehr müde, und Sie auch. Lassen Sie uns das Ende beschleunigen.«

»Sie haben vierundsiebzigtausend Dollar, ich habe vierundsiebzigtausend Dollar. Keiner von uns hat auch nur einen Cent mehr. Jeder wird jetzt alles setzen und ein letztes Spiel darum machen.«

Ohne zu zögern, stimmte Carringer zu. Die Scheine bildeten einen beachtlichen Haufen auf dem Tisch. Carringer warf, und sein verhungerndes Herz schlug heftig, als der bleiche Fremde den Würfelkasten mit quälender Überlegung zu sich nahm. Es war, als würden Stunden vergehen, aber schließlich klapperten die Würfel auf dem Tisch, und der bleiche Fremde hatte gewonnen.

Der Gewinner saß da und starrte auf die Würfel. Dann lehnte er sich langsam in seinem Stuhl zurück, nahm eine offensichtlich bequeme Haltung ein, erhob seine Augen zu Carringer und starrte ihn mit diesem unheimlichen Blick an.

Der Fremde sprach nicht. Sein Gesicht zeigte keine Spur von Emotionen oder gar von Intelligenz. Er starrte einfach nur. Man kann die Augen nicht lange offen halten, ohne zu zwinkern, aber der Fremde zwinkerte überhaupt nicht. Er saß so regungslos da, dass Carringer von einem unbestimmten Gefühl der Angst erfüllt wurde.

»Ich werde jetzt gehen«, sagte Carringer und trat vom Tisch zurück. Während er sprach, erinnerte er sich an seine Situation und schwankte wie ein Betrunkener.

Der Fremde antwortete nicht und ließ auch nicht von seinem Blick ab. Unter diesem Blick sank der jüngere Mann erschrocken und kraftlos in seinen Stuhl zurück. Eine tödliche Stille erfüllte das Abteil …

Plötzlich wurde er gewahr, dass sich im Nebenraum zwei Männer unterhielten, und er lauschte neugierig. Die Wände waren aus Holz, und er hörte deutlich jedes Wort.

»Ja«, sagte eine Stimme, »man hat ihn vor etwa drei Stunden in diese Straße einbiegen sehen.«

»Und er muss sich rasiert haben?«

»Ja, er muss sich rasiert haben. Wenn man einen Vollbart entfernt, würde das natürlich eine große Veränderung an dem Mann hervorrufen. Mir ist auch seine extreme Blässe aufgefallen. Wie du weißt, leidet er seit einiger Zeit an einer schweren Herzerkrankung, die ihn stark verändert hat.«

»Ja, aber sein altes Können ist ihm geblieben. Das war der kühnste Bankraub, den wir je erlebt haben!«

»Einhundertachtundvierzigtausend Dollar – stell dir das vor! Wie lange ist es her, dass er nach diesem New Yorker Ding, das er zuvor gedreht hatte, aus dem Gefängnis kam?«

»Acht Jahre. In dieser Zeit ist ihm ein Bart gewachsen, und er lebt vom Würfeln. Kein Mensch kann bei einem Spiel mit ihm als Sieger hervorgehen.«

Die beiden Männer stießen mit ihren Gläsern an, und es herrschte Schweigen zwischen ihnen. Dann hörte Carringer das Schlurfen ihrer Füße, als sie hinausgingen, und er saß weiter da und litt unter schrecklichen seelischen und körperlichen Schmerzen.

Die Stille blieb ungebrochen, bis auf das Geräusch von Stimmen in der Ferne und das Klirren von Gläsern.

Die Würfelspieler – der blasse und der hungrige Mann – sahen sich an, während sich zwischen ihnen hundertachtundvierzigtausend Dollar auf dem Tisch stapelten.

Der Gewinner machte keinen Versuch, das Geld einzusammeln. Er saß nur da und starrte Carringer an, völlig unbeeindruckt von der Unterhaltung im Abteil nebenan.

Carringer begann sich zu schütteln. Der kalte, unerschütterliche Blick des Fremden ließ ihm das Eis in den Adern gefrieren. Unfähig, es länger zu ertragen, wich er zur Seite und stellte zu seinem Erstaunen fest, dass die Augen des blassen Mannes, anstatt ihm zu folgen, auf der Stelle verharrten, wo er gesessen hatte.

Eine große Angst überkam ihn. Mit zitternden Fingern schenkte er sich Absinth ein und starrte dabei auf seinen Begleiter, der ihn beobachtete, wie er allein und unbemerkt trank.

Er leerte das Glas, und das Gift hatte eine merkwürdige Wirkung auf ihn; er spürte, wie sein Herz mit beunruhigender Kraft und Schnelligkeit schlug, und sein Atem kam in großen, pumpenden Zuckungen.

Sein Hunger wurde nun zu einer tödlichen Sache, denn der Absinth zerstörte seine Lebenskraft.

Erschrocken beugte er sich vor, um die Gastfreundschaft des Fremden zu erflehen, aber sein Flüstern hatte keine Wirkung. Eine der Hände des Mannes lag auf dem Tisch. Carringer legte seine eigene darauf und wich schnell zurück, denn die Hand war kalt wie Stein!

Dann bekam das Gesicht des hungernden Mannes einen verschlagenen Ausdruck, und er wandte sich eifrig dem Geld zu. Schweigend griff er mit seinen Skelettfingern nach dem Haufen Geldscheine und schaute jeden Moment verstohlen auf die starre Gestalt seines Gefährten, in der tödlichen Angst, dass er sich rühren könnte.

Doch anstatt mit dem gestohlenen Vermögen aus dem Zimmer zu eilen, sank er wieder in seinen Stuhl zurück.

Eine tödliche Umklammerung drängte ihn dorthin, und er saß unbeweglich da und starrte zurück in den weiten Blick des anderen Mannes.

Er spürte, wie sein Atem schwerer wurde und sein Herzschlag schwächer, aber er wurde getröstet, weil sein Hunger ihm nicht mehr diesen akuten Schmerz bereitete.

Er fühlte sich leichter und gähnte sogar. Wenn er es gewagt hätte, wäre er eingeschlafen.

Der bleiche Fremde starrte ihn immer noch unentwegt an. Und Carringer hatte keine Lust, etwas anderes zu tun, als einfach zurückzustarren.

Die beiden Detektive, die den berüchtigten Bankräuber bis zur Kneipe verfolgt hatten, gingen langsam durch die Abteile und durchsuchten jeden Winkel des Hauses.

Schließlich erreichten sie ein Abteil, aus dem keine Antwort kam, als sie klopften.

Mit der üblichen Entschuldigung auf den Lippen stießen sie die Tür auf. Vor ihnen saßen zwei Männer, der eine mittleren Alters, der andere sehr jung.

Völlig still saßen sie da und starrten sich über den Tisch hinweg an, auf die seltsamste Art und Weise, die man sich vorstellen kann.

Zwischen den beiden lag ein Haufen Geld, und in der Nähe befanden sich eine leere Absinthflasche, ein Wasserkrug, zwei Gläser und ein Würfelbecher. Die Würfel lagen vor dem älteren Mann, als ob er sie gerade geworfen hätte.

Mit einer schnellen Bewegung richtete einer der Polizisten seinen Revolver auf den älteren Mann und forderte ihn auf, die Hände zu heben. Doch der Würfelwerfer schenkte der Aufforderung nicht die geringste Beachtung.

Die Polizisten tauschten erschrockene Blicke aus. Sie traten näher heran, sahen den Spielern genau ins Gesicht und wussten im selben Moment, dass sie beide tot waren.

Die Motte

Wahrscheinlich haben Sie von Hapley gehört – nicht von W. T. Hapley, dem Sohn, sondern von dem berühmten Hapley, dem Hapley der *Periplaneta Hapliia*, Hapley dem Entomologen.

Wenn ja, dann wissen Sie wahrscheinlich auch von der großen Fehde zwischen Hapley und Professor Pawkins, auch wenn Ihnen einige der Episoden neu sein dürften. Für diejenigen, die sie nicht kennen, sind ein oder zwei Worte der Erklärung notwendig, die der müßige Leser mit einem flüchtigen Blick überfliegen kann, wenn ihn seine Trägheit dazu veranlasst.

Es ist erstaunlich, wie weit verbreitet die Unkenntnis über so wirklich wichtige Angelegenheiten wie diese Hapley-Pawkins-Fehde ist.

Auch die epochalen Kontroversen, welche die Geologische Gesellschaft erschüttert haben, sind, so glaube ich, außerhalb der Gemeinschaft dieser Körperschaft fast völlig unbekannt.

Ich habe gehört, dass sogar Männer mit entsprechender Allgemeinbildung die großen Auftritte auf diesen Versammlungen als unbedeutende Zankereien wie in den Kirchengemeinden abgetan haben, aber dennoch hat der große Hass der englischen und schottischen Geologen nun schon ein halbes Jahrhundert angedauert und 'tiefe und deutliche Spuren' im Körper der Wissenschaft hinterlassen.

Und diese Angelegenheit zwischen Hapley und Pawkins, obwohl vielleicht eine eher persönlichere Angelegenheit, hat tiefe, wenn nicht sogar schwerere Leidenschaften geweckt. Der gewöhnliche Mensch hat keine Vorstellung von dem Eifer, von dem ein wissenschaftlicher Forscher beseelt ist, und von der Wut bei einem Widerspruch, die man in ihm erwecken kann.

Es ist das *odium theologicum* in einer neuen Form. Es gibt zum Beispiel Menschen, die Professor Ray Lankester in Smithfield für seine Abhandlungen der Mollusken in der Encyclopädie verbrennen würden. Diese fantastische Ausdehnung der Cephalopoden auf die Pteropoden ...

Aber ich schweife von Hapley und Pawkins ab.

Es begann vor vielen Jahren mit einer Revision der Microlepidoptera (was auch immer das sein mag) durch Pawkins, in der er eine von Hapley geschaffene neue Art geradezu auslöschte.

Der stets streitsüchtige Hapley antwortete mit einer scharfen Anschuldigung gegen die gesamte Klassifizierung von Pawkins, der in seiner 'Erwiderung' behauptete, Hapleys Mikroskop sei ebenso mangelhaft wie seine Beobachtungsgabe. Er nannte ihn gar einen 'unverantwortlichen Einmischer' – Hapley war zu diesem Zeitpunkt noch kein Professor.

Hapley sprach in seiner Erwiderung von 'stümperhaften Sammlern' und bezeichnete die Überarbeitung von Pawkins, als wäre es ohne Absicht, als ein 'Wunder der Albernheit'.

Es war ein Krieg bis aufs Messer.

Den Leser würde es jedoch kaum interessieren, wie sich diese beiden großen Männer gestritten haben und wie sich die Kluft zwischen ihnen vergrößerte, bis sie sich ab den Microlepidoptera [Klein-schmetterlinge] in jeder offenen Frage der Entomologie bekriegten.

Es gab denkwürdige Anlässe. Nichts ähnelte den kontroversen Sitzungen der Abgeordnetenkammer so sehr, wie die der Königlichen Entomologischen Gesellschaft.

Im Großen und Ganzen glaube ich aber, dass Pawkins näher an der Wahrheit war als Hapley.

Hapley war aber geschickt in seiner Rhetorik, mit einem Hang zum Lächerlichmachen, wie es selbst in solch einer Wissenschaft selten ist. Er war mit enormer Energie ausgestattet und hatte ein feines Gespür für verletzende Äußerungen in der Frage der ausgestorbenen Arten.

Pawkins hingegen war ein Mann von dumpfer Präsenz, mit einer langatmigen Sprache. Von der Körperform her war er einem Wasserfass nicht unähnlich, übermäßig gewissenhaft bei Zeugnissen und im Verdacht, allzu gerne Museumstermine zu unterstützen.

Die jungen Männer scharten sich also um Hapley und applaudierten ihm.

Es war ein langer Kampf, der von Anfang an bösartig war und sich schließlich zu einer erbarmungslosen Feindschaft ausweitete.

Die aufeinanderfolgenden Wendungen des Schicksals, mal zugunsten der einen, mal zugunsten der anderen Seite (mal wurde Hapley durch einen Erfolg von Pawkins gequält, mal wurde Pawkins von Hapley übertrumpft), gehören eher zur Geschichte der Entomologie als zu dieser Geschichte.

Im Jahre 1891 veröffentlichte Pawkins, dessen Gesundheit seit einiger Zeit angeschlagen war, einige Arbeiten über 'Mesoblasten' der Totenkopfmotte. Was Mesoblasten der Totenkopfmotte sein mögen, spielt in dieser Geschichte keine Rolle.

Die Arbeit lag aber weit unterhalb seines üblichen Standards und gab Hapley eine Chance, die er seit Jahren herbeigesehnt hatte. Er muss Tag und Nacht gearbeitet haben, um das Beste aus seinem Vorteil zu machen.

In einer kunstvollen Kritik riss er Pawkins in Stücke – man kann sich vorstellen, wie das schwarze Haar des Mannes in Unordnung geriet und seine seltsamen dunklen Augen aufblitzten, als er auf seinen Gegner losging.

Pawkins antwortete zögernd, ineffektiv, mit schmerzhaften Lücken des Schweigens und dennoch bösartig.

Sein Wille, Hapley zu verletzen, war unübersehbar, ebenso wie seine Unfähigkeit, es zu tun. Aber nur wenige von denen, die ihm zuhörten – ich war bei diesem Treffen nicht anwesend – erkannten, wie krank der Mann bereits war.

Hapley brachte seinen Gegner zu Boden und wollte ihn fertigmachen. Er startete mit einem einfach brutalen Angriff auf Pawkins in Form einer Arbeit über die Entwicklung von Motten im Allgemeinen, ein Papier, das von einem außerordentlichen Maß an geistiger Arbeit zeugte und dennoch in einem heftig kontroversen Ton gehalten war. Es musste ursprünglich noch heftiger gewesen sein, denn eine redaktionelle Notiz bezeugt, dass es bereits entschärft worden war.

Es muss Pawkins verwirrt und ihm die Schamesröte ins Gesicht getrieben haben. Es gab kein Schlupfloch, war mörderisch in der Argumentation und absolut verächtlich im Ton – eine furchtbare Sache für die letzten Jahre der Karriere eines Mannes.

Die Welt der Entomologen wartete atemlos auf die Erwiderung von Pawkins. Er würde es versuchen, denn Pawkins war immer bereit dazu; aber als sie dann kam, waren alle überrascht.

Die Antwort von Pawkins bestand darin, sich eine Grippe einzufangen, eine Lungenentzündung zu bekommen und zu sterben.

Das war vielleicht die wirkungsvollste Antwort, die er unter den gegebenen Umständen geben konnte, und sie drehte die Stimmung weitgehend gegen Hapley. Gerade diejenigen Leute, die diese Gladiatoren am meisten bejubelt hatten, wurden durch die Folgen ernsthafter gestimmt. Es bestand kein wirklicher Zweifel daran, dass die Aufregung über die Niederlage zum Tod von Pawkins beigetragen hatte.

Selbst die wissenschaftlichen Kontroversen haben Grenzen, sagten seriöse Leute. Ein weiterer vernichtender Angriff gegen Pawkins ging bereits durch die Presse und erschien am Tag vor der Beerdigung. Ich glaube nicht, dass Hapley sich angestrengt hatte, diese Veröffentlichung zu verhindern.

Jetzt erinnerten sich die Leute daran, wie Hapley seinen Rivalen zur Strecke gebracht hatte und vergaßen dessen Fehler; beißende Satire macht sich schlecht über frischer Erde auf dem Grab. Die Sache provozierte Kommentare in den Tageszeitungen, was mich vermuten lässt, dass Sie, lieber Leser, wahrscheinlich von Hapley und dieser speziellen Kontroverse gehört haben.

Aber wie ich es schon oft gesagt habe, leben Wissenschaftler in ihrer eigenen Welt. Die Hälfte der Leute, wage ich zu behaupten, die jedes Jahr am Piccadilly entlang zur Akademie gehen, könnten Ihnen nicht sagen, wo sich die gelehrten Gesellschaften befinden. Viele denken sogar, die Forschung sei eine Art glücklicher Familienkäfig, in dem alle Arten von Menschen friedlich miteinander leben.

Dass Pawkins gestorben war, konnte ihm Hapley in seinen privaten Gedanken nicht verzeihen. Erstens empfand er es als einen gemeinen Trick, um der absoluten Vernichtung zu entgehen, die Hapley für ihn parat hatte, und zweitens hinterließ es in Hapleys Kopf eine merkwürdige Lücke.

Zwanzig Jahre lang hatte er hart gearbeitet, manchmal bis tief in die Nacht und sieben Tage in der Woche, mit Mikroskop, Skalpell, Sammelnetz und Feder, und das fast ausschließlich in Bezug auf Pawkins. Der europaweite Ruf, den er erlangt hatte, war nur ein Nebeneffekt dieser großen Antipathie.

In dieser letzten Kontroverse hatte er sich allmählich zu einem Höhepunkt hochgearbeitet. Sie hatte Pawkins das Leben gekostet, aber sie hatte auch Hapley sozusagen aus der Bahn geworfen, und sein Arzt riet ihm, die Arbeit eine Zeit lang aufzugeben und sich auszuruhen.

So zog sich Hapley in ein ruhiges Dorf in Kent zurück und dachte dennoch Tag und Nacht an Pawkins, und es war ihm auch hier unmöglich, gute Dinge über ihn zu sagen.

Schließlich begann Hapley zu erkennen, in welche Richtung seine Gedanken tendierten. Er beschloss, dagegen anzukämpfen, und begann damit, Romane zu lesen.

Dennoch konnte er sich nicht von Pawkins lösen. Er erschien ihm mit weißem Gesicht, als er dabei war, seine letzte Rede zu halten – jeder Satz eine wunderbare Eröffnung gegen Hapley.

Er wandte sich der Belletristik zu – und fand, dass sie ihn nicht fesseln konnte.

Dann las er *Island Nights' Entertainments* [Kurzgeschichten von Robert Louis Stevenson], bis der Flaschengeist sein Gefühl für die Zusammenhänge erschütterte.

Dann wandte er sich Kipling zu und stellte fest, dass dieser 'nichts bewies', außer respektlos und vulgär zu sein. Diese wissenschaftlichen Leute haben eben ihre Grenzen.

Dann versuchte er es unglücklicherweise mit Besants *Inner House* [Novelle über eine alle und alles kontrollierende Elitegruppe von Wissenschaftlern, welche die Unsterblichkeit entdeckt hatten], und das Eröffnungskapitel ließ ihn sofort wieder an gelehrte Gesellschaften und Pawkins denken.

Also wandte er sich dem Schachspiel zu und fand es ein wenig beruhigender. Bald beherrschte er die Züge, die wichtigsten Eröffnungen, die häufigsten Endstellungen und schaffte es, den Vikar zu schlagen.

Aber dann begannen die zylindrischen Konturen des gegenüberliegenden Königs Pawkins zu ähneln, der sich aufrichtete und vergebens gegen ein Schachmatt ankämpfte, und Hapley beschloss, das Schachspiel aufzugeben.

Vielleicht, dachte er, wäre das Studium eines neuen Wissenschaftszweigs doch eine bessere Abwechslung, denn die beste Erholung ist der Wechsel der Beschäftigung.

Hapley beschloss, sich auf Kieselalgen zu stürzen, und ließ sich eines seiner kleineren Mikroskope und die Monografie von Halibut aus London schicken. Er dachte, wenn er sich jetzt mit Halibut heftig streiten würde, könnte er vielleicht sein Leben neu beginnen und Pawkins vergessen. Und schon bald machte er sich in seiner gewohnt anstrengenden Art an die mikroskopischen Bewohner des Tümpels heran.

Am dritten Tag mit den Kieselalgen wurde Hapley auf eine neue Ergänzung der örtlichen Fauna aufmerksam. Er arbeitete spät am Mikroskop, und das einzige Licht im Raum war die strahlende kleine Petroleumlampe mit dem speziellen grünen Schirm.

Wie alle erfahrenen Mikroskopiker hielt er beide Augen offen. Das ist die einzige Möglichkeit, übermäßige Ermüdung zu vermeiden. Ein Auge war über dem Instrument, und hell und deutlich befand sich vor diesem das kreisförmige Feld des Mikroskops, über das sich langsam eine braune Kieselalge bewegte.

Mit dem anderen Auge sah Hapley sozusagen, ohne richtig zu sehen. Er nahm nur schemenhaft die Messingseite des Instruments, den beleuchteten Teil des

Tischtuchs, ein Blatt Notizpapier, den Fuß der Lampe und den dunklen Raum dahinter wahr.

Plötzlich wanderte seine Aufmerksamkeit von einem Auge zum anderen. Das Tischtuch war aus einem Stoff, den die Verkäufer Tapisserie nennen, und ziemlich bunt. Das Muster war in Gold gehalten, mit einem kleinen Anteil von Karminrot und Hellblau auf einem gräulichen Grund. An einer Stelle schien das Muster verschoben zu sein, und an dieser Stelle gab es eine vibrierende Bewegung der Farben.

Hapley ging plötzlich mit dem Kopf zurück und schaute mit beiden Augen. Sein Mund blieb vor Erstaunen offen stehen.

Es war eine große Motte oder ein Falter, mit ausgebreiteten Flügeln, wie ein Schmetterling.

Es war seltsam, dass sie überhaupt in dem Zimmer war, denn die Fenster waren geschlossen. Seltsam, dass sie nicht seine Aufmerksamkeit erregt hatte, als sie zu ihrer jetzigen Position geflattert war. Seltsam, dass sie zum Tischtuch passte. Noch merkwürdiger, dass sie ihm, Hapley, dem großen Entomologen, völlig unbekannt war.

Es war keine Täuschung. Sie krabbelte langsam auf den Fuß der Lampe zu.

»Eine neue Gattung, meine Güte! Und in England!«, sagte Hapley und starrte hin.

Dann dachte er plötzlich an Pawkins. Nichts hätte Pawkins mehr in den Wahnsinn getrieben ... und Pawkins war tot!

Irgendetwas an Kopf und Körper des Insekts erinnerte ihn auf merkwürdige Weise an Pawkins, genau wie es der Schachkönig getan hatte.

»Verflucht sei Pawkins!«, schnappte Hapley, aber die muss ich erwischen. Und während er sich nach einer Möglichkeit umsah, die Motte zu fangen, erhob er sich langsam von seinem Stuhl. Plötzlich flog das Insekt auf, schlug gegen den Rand des Lampenschirms – Hapley hörte das 'Ping' – und verschwand im Schatten.

Im Nu hatte Hapley den Schirm entfernt, sodass der ganze Raum erleuchtet war.

Das Ding war verschwunden, aber bald entdeckte sie sein geübtes Auge wieder, auf der Tapete neben der Tür.

Er ging auf sie zu, hielt die Lampe in ihre Richtung – zum Fangen bereit – aber bevor er in Schlagdistanz war, hatte sie sich erhoben und flatterte durch den Raum.

Wie es ihrer Art entsprach, flog sie plötzlich auf und in alle Richtungen; sie schien hier zu verschwinden und dort wieder aufzutauchen. Einmal schlug Hapley zu und verfehlte sie erneut.

Beim dritten Mal traf er sein Mikroskop. Das Gerät schwankte, schlug gegen die Lampe, warf sie um und fiel dann lautstark auf den Boden. Die umgekippte, brennende Lampe auf dem Tisch ging glücklicherweise aus. Hapley saß im Dunkeln. Mit einem Schreck spürte er, wie ihm die seltsame Motte ins Gesicht flog.

Es war zum Verrücktwerden. Er hatte kein Licht. Wenn er die Zimmertür öffnete, würde das Ding entkommen. In der Dunkelheit sah er ganz deutlich, wie Pawkins ihn auslachte. Pawkins hatte immer ein öliges Lachen.

Er fluchte wütend und stampfte mit dem Fuß auf den Boden; dann ertönte ein zaghaftes Klopfen an der Tür. Sie öffnete sich, vielleicht einen Fuß breit und sehr langsam.

Hinter einer rosafarbenen Kerzenflamme erschien das erschrockene Gesicht der Wirtin. Sie trug eine Nachtmütze über ihrem grauen Haar und ein violettes Gewand über den Schultern.

»Was war das für ein furchtbarer Krach?«, fragte sie. Hat irgendetwas – «

Die seltsame Motte flatterte um den Türspalt herum. »Machen Sie die Tür zu!«, schrie Hapley die Wirtin an und stürzte plötzlich zu ihr hin.

Die Tür wurde hastig zugeschlagen. Hapley blieb allein in der Dunkelheit zurück. Dann, nach einer Weile, hörte er, wie sich seine Vermieterin die Treppe hinaufschleppte, ihre Tür verschloss, etwas Schweres durch den Raum zog und gegen die Tür drückte.

Hapley wurde klar, dass sein Verhalten und sein Auftreten seltsam und beunruhigend gewesen waren. Verflucht sei die Motte! – und Pawkins! Aber es wäre schade, die Motte jetzt zu verlieren.

Er tastete sich in den Vorraum voran und fand die Streichhölzer, nachdem er zuvor einigen Krach veranstaltet hatte.

Mit der brennenden Kerze kehrte er in das Wohnzimmer zurück. Es war keine Motte zu sehen, und doch schien es einen Moment lang so, als würde das Ding um seinen Kopf flattern.

Spontan beschloss Hapley, die Motte aufzugeben und ins Bett zu gehen. Aber er war zu aufgeregt. Die ganze Zeit hindurch wurde sein Schlaf von Träumen über die Motte, Pawkins und seine Vermieterin unterbrochen. Zweimal in der Nacht stand er auf und tauchte seinen Kopf in kaltes Wasser.

Eines war ihm ganz klar. Seine Vermieterin konnte das mit der seltsamen Motte unmöglich verstehen, zumal er sie nicht gefangen hatte. Niemand außer einem Entomologen würde begreifen, wie er sich fühlte. Wahrscheinlich war sie über sein Verhalten erschrocken, doch er wusste nicht, wie er es ihr erklären sollte.

Er beschloss, nichts mehr über die Ereignisse der letzten Nacht zu sagen.

Nach dem Frühstück sah er sie in ihrem Garten und nahm sich vor, hinauszugehen und mit ihr zu reden, um sie zu beruhigen.

Er sprach mit ihr über Bohnen und Kartoffeln, Bienen, Raupen und den Preis von Obst.

Sie antwortete wie immer, aber sie schaute ihn ein wenig misstrauisch an und ging weiter, als er auch er weiterging, sodass immer ein Blumenbeet oder eine Bohnenreihe oder etwas Ähnliches zwischen ihnen lag. Nach einer Weile war ihm das zu dumm geworden. Um seine Verärgerung zu verbergen, ging er ins Haus und machte anschließend einen Spaziergang.

Die Motte oder der Falter und die seltsame Erinnerung an Pawkins erschien ihm immer wieder bei diesem Spaziergang, obwohl er sein Bestes tat, um nicht daran zu denken.

Einmal sah er sie ganz deutlich mit ausgebreiteten Flügeln auf der alten Steinmauer, die am westlichen Rand des Parks verläuft, aber als er darauf zuging, sah er nur zwei Klumpen grauer und gelber Flechten.

'Dies', dachte Hapley, 'ist das Gegenteil der Ähnlichkeiten. Anstatt eines Schmetterlings, der wie ein Stein aussieht, ist hier ein Stein, der wie ein Schmetterling aussieht!'

Einmal schwebte und flatterte etwas um seinen Kopf herum, aber mit einer Willensanstrengung vertrieb er diesen Eindruck wieder aus seinem Kopf.

Am Nachmittag suchte Hapley den Vikar auf und stritt sich mit ihm über theologische Fragen.

Sie saßen in der kleinen Laube, die mit Dornbüschen bewachsen war, und rauchten, während sie sich stritten.

»Sehen Sie sich diese Motte an«, sagte Hapley plötzlich und deutete auf die Kante des Holztisches.

»Wo?«, fragte der Vikar.

»Sie sehen keine Motte an der Tischkante?«, sagte Hapley.

»Gewiss nicht«, sagte der Vikar.

Hapley war wie vom Donner gerührt. Er schnappte nach Luft. Der Vikar starrte ihn an. Offensichtlich sah der Mann nichts.

»Das Auge des Glaubens ist nicht besser als das Auge der Wissenschaft«, sagte Hapley ein wenig unbeholfen.

»Ich verstehe nicht, worauf Sie hinauswollen«, sagte der Vikar und dachte, das gehöre zu ihrer theologischen Debatte.

In dieser Nacht entdeckte Hapley die Motte wieder, als sie über seine Bettdecke krabbelte. Er saß in seinen Hemdsärmeln auf der Bettkante und grübelte vor sich hin.

War es eine reine Halluzination? Er wusste, dass er dabei war, den Halt zu verlieren, und er kämpfte mit der gleichen stillen Energie, die er früher gegen Pawkins an den Tag gelegt hatte, um seinen Verstand.

Die geistige Gewohnheit war so hartnäckig, dass es ihm vorkam, als sei es immer noch ein Kampf mit Pawkins. Er kannte sich in der Psychologie gut aus. Er wusste, dass solche visuellen Täuschungen eine Folge von psychischer Belastung sind. Aber der Punkt war, dass er die Motte nicht nur gesehen, sondern auch gehört hatte, als sie den Rand des Lampenschirms berührte, und danach, als sie gegen die Wand schlug, und er hatte gespürt, wie sie in der Dunkelheit sein Gesicht traf.

Er sah sie an. Sie erschien ganz und gar nicht wie in einem Traum, sondern sah im Kerzenlicht vollkommen klar und echt aus.

Er nahm den behaarten Körper und die kurzen gefiederten Antennen wahr, die gegliederten Beine, sogar eine Stelle, an der die Schuppen vom Flügel abgerieben worden waren, und er ärgerte sich plötzlich über sich selbst, weil er Angst vor einem kleinen Insekt hatte.

Seine Vermieterin hatte die Dienerin dazu gebracht, in dieser Nacht bei ihr zu schlafen, weil sie Angst hatte, allein zu sein. Außerdem hatte sie die Tür verschlossen und die Kommode dagegen gestellt.

Nachdem sie zu Bett gegangen waren, lauschten sie und unterhielten sich im Flüsterton, aber es geschah nichts, was sie beunruhigte.

Gegen elf Uhr hatten sie es gewagt, die Kerze zu löschen, und waren beide eingeschlafen. Dann fuhren sie mit einem Schreck hoch, setzten sich im Bett auf und lauschten in die Dunkelheit.

Sie hörten, wie Füße in Pantoffeln in Hapleys Zimmer hin und her liefen. Ein Stuhl wurde umgeworfen, und es gab einen heftigen Schlag gegen die Wand. Dann krachte ein Porzellanschmuckstück auf dem Sims an das Kamingitter.

Plötzlich öffnete sich die Zimmertür, und sie hörten ihn auf dem Treppenabsatz. Sie klammerten sich aneinander und lauschten.

Erst schien er auf der Treppe zu tanzen, dann ging er schnell drei oder vier Stufen hinunter, dann wieder hinauf, dann eilte er hinunter in den Flur. Sie hörten, wie der Schirmständer umkippte und das Oberlicht zerbrach. Dann quietschte der Riegel und die Kette rasselte – er öffnete die Haustür.

Sie eilten zum Fenster. Es war eine trübe, graue Nacht; eine fast ununterbrochene Regenwolke zog über den Mond. Die Hecke und die Bäume vor dem Haus hoben sich schwarz von der hellen Straße ab.

Sie sahen Hapley, der in seinem Hemd und seinen weißen Hosen wie ein Gespenst aussah, auf der Straße hin und her rennen und in der Luft herumschlagen.

Mal blieb er stehen, mal stürzte er sich schnell auf etwas Unsichtbares, mal bewegte er sich mit verstohlenen Schritten auf es zu.

Schließlich verschwand er außer Sichtweite und lief die Straße hinauf in Richtung Tal.

Während sie darüber stritten, wer hinuntergehen und die Tür verschließen sollte, kehrte er zurück. Er ging sehr schnell und kam direkt ins Haus, schloss die Tür sorgfältig und ging leise in sein Schlafzimmer. Dann war alles still.

»Mrs Colville«, sagte Hapley, als er am nächsten Morgen die Treppe herunterkam, »ich hoffe, ich habe Sie gestern Abend nicht erschreckt.«

»Sie dürfen mich das ruhig fragen!«, sagte Mrs Colville.

»Tatsache ist«, sagte er, »dass ich ein Schlafwandler bin und die letzten beiden Nächte ohne meine Schlaftinktur verbracht habe. Es gibt keinen Grund zur Beunruhigung, wirklich nicht.«

»Es tut mir leid, dass ich mich so lächerlich gemacht habe. Ich werde nach Shoreham fahren und mir etwas besorgen, das mich ruhig schlafen lässt. Das hätte ich gestern schon tun sollen.«

Aber auf halbem Weg dorthin, bei den Kreidegruben, fiel die Motte wieder über Hapley her.

Er lief weiter und versuchte, sich auf die Schachprobleme zu konzentrieren, aber es nützte nichts. Das Ding flatterte ihm ins Gesicht, und er schlug in Selbstverteidigung mit seinem Hut nach ihr.

Dann überkam ihn wieder die Wut, die alte Wut – die Wut, die er so oft gegen Pawkins empfunden hatte. Er ging weiter, sprang und schlug nach dem wirbelnden Insekt. Plötzlich trat er ins Leere und fiel kopfüber hin.

Es gab eine Lücke in seiner Erinnerung, und Hapley fand sich auf einem Kieshaufen vor der Öffnung der Kreidegruben sitzend wieder, ein Bein unter sich angewinkelt.

Die seltsame Motte flatterte immer noch um seinen Kopf. Er schlug mit der Hand nach ihr, und als er den Kopf drehte, sah er zwei Männer auf sich zukommen. Der eine war der Dorfarzt.

Zunächst dachte Hapley, dass dies ein Glücksfall war. Dann fiel ihm mit außerordentlicher Deutlichkeit ein, dass niemand außer ihm selbst die seltsame Motte je würde sehen können und dass er besser darüber schweigen sollte.

Spät in der Nacht jedoch, nachdem sein gebrochenes Bein gerichtet worden war, bekam er Fieber und vergaß seine Selbstbeherrschung. Er lag flach auf seinem Bett und begann, mit den Augen das Zimmer abzusuchen, um zu sehen, ob die Motte noch da war.

Er versuchte, dies nicht zu tun, aber es nützte nichts. Bald erblickte er das Ding, das im Schein des Nachtlichts dicht neben seiner Hand auf dem grünen Tischtuch ruhte. Die Flügel zitterten. In einem plötzlichen Anfall von Wut schlug er mit der Faust darauf ein, und die Krankenschwester wachte mit einem Schrei auf – er hatte das Insekt verfehlt.

»Diese Motte!«, sagte er – und dann, um sie zu beruhigen: »Das war nur Einbildung, sonst nichts!«

Die ganze Zeit über konnte er aber deutlich erkennen, wie das Insekt um den Kaminsims herumflog und durch den Raum huschte. Er konnte auch sehen, dass die Krankenschwester nichts davon sah und ihn seltsam anschaute.

Er musste sich unter Kontrolle halten, denn er wusste, dass er ein verlorener Mann war, wenn er sich nicht beherrschte.

Je mehr aber die Nacht voranschritt, desto mehr wuchs das Fieber in ihm, und gerade die Angst davor, die Motte zu sehen, ließ ihn sie wirklich sehen.

Gegen fünf Uhr, als der Morgen graute, versuchte er, aus dem Bett aufzustehen und sie zu fangen, obwohl sein Bein vor Schmerz brannte. Die Krankenschwester musste ihn mit körperlicher Gewalt bändigen.

Das war der Grund gewesen, dass sie gezwungen waren, ihn an das Bett zu fesseln.

Daraufhin wurde die Motte immer frecher, und einmal spürte er, wie sie sich in seinem Haar festsetzte.

Dann, weil er heftig mit den Armen ausschlug, fesselten sie auch diese.

Nun kam die Motte und krabbelte über sein Gesicht, und Hapley weinte, fluchte, schrie und betete, dass man ihn von ihr befreien würde – aber vergeblich.

Der Arzt war ein Trottel, ein frischgebackener Allgemeinmediziner, der von Geisteswissenschaften keine Ahnung hatte. Er sagte einfach, es gäbe keine Motte.

Hätte er den nötigen Verstand besessen, hätte er Hapley vielleicht noch vor seinem Schicksal bewahren können, indem er sich auf dessen Wahnvorstellung eingelassen und ihm die Augen verbunden hätte, worum der Patient geradezu gebettelt hatte, dass dies geschehen möge.

Aber, wie ich schon sagte, der Arzt war ein Trottel, und bis das Bein geheilt war, wurde Hapley an sein Bett gefesselt, und die eingebildete Motte krabbelte über ihn.

Sie verließ ihn auch nicht, wenn er wach war, und in seinen Träumen wuchs sie zu einem Monster heran. Wenn er wach war, sehnte er sich nach Schlaf, und aus dem Schlaf wachte er schreiend auf.

So verbringt Hapley nun den Rest seiner Tage in einer Gummizelle, beunruhigt von einer Motte, die niemand sonst sehen kann.

Der Arzt der Anstalt spricht von einer Halluzination, aber Hapley, der wieder in einer ruhigeren Stimmung ist und sprechen kann, sagt, dass es sich dabei um den Geist von Pawkins handelt und somit um ein einzigartiges Exemplar, das man unbedingt fangen müsste.